皇后美智子さまの御歌《みうた》

編著　割田剛雄
小林　隆
写真　鈴木理策

目次

はじめに

皇后美智子さまは皇太子明仁殿下（今上天皇）とご婚約されたあと、お妃教育の一環として歌人五島美代子師の和歌のご進講と「一日一首百日の行」の厳しい指導を受けられ、天稟《てんぴん》を磨かれて、これまでにたくさんの珠玉の御歌《みうた》をお詠みになり平成四年に、

言《こと》の葉《は》となりて我よりいでざりし　あまたの思ひ今いとほしむ

と詠われております。

また、皇后としてのお立場について、「ただ、陛下のおそばにあって、すべてを善かれと祈り続ける者でありたいと願っています」（平成六年、記者会見）と心境を示され、さらに平成十年に、「生まれて以来、人と自分と周囲との間に、一つ一つ橋をかけ、人とも、物ともつながりを深め、それを自分の世界として生きています。この橋がかからなかったり、かけても橋としての機能を果たさなかったり、時として橋をかける意志を失った時、人は孤立し、平和を失います」（『橋をかける』）と周囲に橋をかける大切さを綴られました。

本書の編集方針は「御歌の入門書」、「はじめての皇后美智子さまの御歌」

です。御歌の素晴らしさと多方面にわたる皇后美智子さまのお姿を、できるだけ多くの日本人、とりわけ女性読者にご紹介したいとの願いです。

長年にわたり「御歌」や歴代天皇の「御製《ぎょせい》」を研究されている小林隆（傳承文化研究所）氏の該博な研究成果をもとに、「うつし絵の母」「あづかれる宝にも似て」など十のお立場の御歌を選び、御歌が詠われた背景など最小限の説明を加え、関連のコラムを補足しました。表記等については小林さんと逐一協議し、共著の形を取りました。写真家鈴木理策さんの御歌に寄り添う素晴らしい写真と、皇后美智子さまの御歌に相応しい「美しい本」に仕上げていただいたデザイナーの大黒大悟さん、佐野真弓さんに感謝いたします。

本書出版の端緒を開かれ万端にご助言をいただいた内野経一郎先生、御歌の選定や編集に貴重な助言とご協力をいただいた宮下恵美子さん、毬矢まりえさん、森山恵さん、割田薫子さん、中村正則編集長、三芳伸吾会長、そして編集担当の中川ちひろさんのねばり強い尽力に、心からの御礼を申し上げます。

割田剛雄

平成二十六年十一月

御歌に添うように

これまでにも歌会始など、皇后美智子さまの御歌を拝読しておりましたが、これほどまとまった数の御歌を読んだのは今回が初めてでした。

言葉同士の意味をなめらかにつなげていく小説の文章と異なり、和歌や俳句では言葉と言葉の「あいだ」が大切であり、そうした余白とも言える部分に記憶や時間が立ち上がってくるのではないでしょうか。

折々に詠まれた「御歌」には皇后陛下のすごされた時間が織りこまれているように感じられましたし、その御歌を読む私もみずみずしい時間に包まれた思いがしました。たとえば、本書に収録の、

人びとに見守られつつ御列の　君は光の中にいましき

など、情景がありありと浮かんできます。天皇陛下の御列を見守る人びとやその光景に向けられた皇后陛下のまなざしに、さまざまな思いが重ねられているようで、強く印象に残りました。

表紙の写真は、桜の下に立った時の見尽くせない感覚を写したいと思い、奈良県の吉野山で撮影したものです。ものを見る時、視界の中には焦点が

合っている部分とそうでない部分がありますが、普段の生活では両者の差をあまり気にしていません。そのことを写真で示し、見ることの生々しさをもたらしたいと考えて制作したシリーズの一枚です。

私の制作主題は「見る」という経験の豊かさを、写真を通じて伝えることにあります。そのため、展覧会や写真集の構成では複数枚の写真の流れに留意し、写真と写真の「あいだ」に鑑賞者の記憶や時間が立ち現れることを大切に考えています。本書は編者である割田剛雄さん、小林隆さんにより、テーマごとに時系列を追う形で五~六首を連結させる構成がなされていて、美しい旋律のごとき流れが生まれていると感じます。

写真は具体的な情報を含むため、ややもすると御歌のひろがりを抑えてしまう場合がありますが、流れを持つ本書では皇后陛下の御歌に添うように写真が配されています。このことは私にとってこの上ない喜びです。編集担当の中川ちひろさん、そして繊細で美しい装丁を手がけられたデザイナーの大黒大悟さんと佐野真弓さんに改めて感謝申し上げます。

平成二十七年三月

鈴木理策

一　うつし絵の母

――母と子と――

うつし絵の時は春かも幼我《をさな》を抱《いだ》く
たらちねの母若かりし

——古びた写真（うつし絵）
季節は春かもしれない
幼い私を抱く母の姿
眩しいほどに若い——

御母堂正田富美子さまは
「（娘は）皇室に差し上げたもので
もう正田家のものでは
ございません」
と言い切り
遠くから娘を見守りました。

昭和五十一年｜1976｜　幼き日

子に告げぬ哀《かな》しみもあらむを柞葉《ははそは》の
母清《すが》やかに老《お》い給ひけり

——私が皇太子妃ゆえに、
娘に聞いてもらいたいことも
心に秘めて、お母さまは清々《すがすが》しく
お年を召されましたね——

第二句の「哀しみもあらむを」に
母への万感の感謝が
込められています。
柞《ははそ》葉《は》は母にかかる枕詞《まくらことば》です。

昭和五十三年｜1978｜歌会始御題　母

四照花《やまぼうし》の一木《ひとき》覆《おほ》ひて白き花
咲き満ちしとき母逝き給ふ

――四照花《やまぼうし》（山法師、ヤマグワ）の
一樹を覆う白い花が満開になった日に、
母は静かに逝《ゆ》きました――

柞葉《ははそは》の歌で「お母さまは
清々《すがすが》しくお年を召されましたね」
と詠んでから十年後の
昭和六十三年五月二十八日に、
正田富美子さまは美智子さまに
看取られて臨終を迎えられ、
鎌倉霊園に埋葬されました。

昭和六十三年｜1988｜四照花

この年も母逝《ゆ》きし月めぐり来て
四照花《やまぼうし》咲く母まさぬ世に

美智子さまは
「父は忙しく、また大層無口な人でした」
「母から学んだ一番大きな、
そして本当によかったと思うことのひとつは、
母という立場が、父の表現しない愛情を
子どもに伝える役目を果たすということ
だったかも知れません」
と述べられました。
お母さまが逝去されて四回目の
四照花《やまぼうし》の白い花が、今年も咲いています。

平成三年｜1991｜母

彼岸花咲ける間の道をゆく
行《ゆ》き極《きは》まれば母に会《あは》ふらし

彼岸花の咲き乱れる鎌倉霊園の道を
歩んでお詠みになられたものです。
母の死の翌年の一月七日、
昭和天皇崩御《ほうぎょ》。
美智子さまは陛下の即位とともに
皇后になられました。
葉山の御用邸に向かわれるとき、
毎回のように鎌倉霊園に立ち寄られ、
お墓参りをされました。

平成八年｜1996｜彼岸花

二　てのひらに君のせまし

――陛下への思い――

てのひらに君のせまし桑の実の
その一粒に重みのありて

皇太子さま（今上天皇）は
この御歌《みうた》に先立ち、
「婚約内定して」と題して
「語らひを重ねゆきつつ気がつきぬ
われのこころに開きたる窓」
と詠まれました。
開きたる心の窓と、
一粒の桑の実の重さを結ぶ、
お二人の語らい。
万葉の相聞歌を彷彿《ほうふつ》させる
瑞々《みずみず》しい歌の世界です。

昭和三十四年―1959―常磐松の御所

黄ばみたるくちなしの落花《らくくわ》啄《ついば》みて
椋鳥《むくどり》来鳴く君と住む家

お二人の新婚生活は
東京都渋谷区常磐松（現、渋谷区東四丁目）の
東宮《とうぐう》仮御所で始まりました。
戦前の東伏見宮邸で、
お二人は昭和三十五年六月まで住まわれ、
現在は常陸宮邸です。
庭も広く、花が咲き、
椋鳥《むくどり》などたくさんの小鳥が来ました。

昭和三十四年｜1959｜常磐松の御所

くろく熟《う》れし桑の実われの手に置きて
疎開《そかい》の日日を君は語らす

皇太子さま（今上天皇）は
昭和十九年に栃木県日光市の
田母澤《たもざわ》御用邸に疎開《そかい》し、
のちに奥日光湯本の南間ホテルに
再疎開して終戦を迎えられました。
美智子さまも疎開先の軽井沢で
終戦を迎えられ、のちに、
「やがて国敗《やぶ》るるを知らず疎開地《そかいち》に
桐《きり》の筒花《つつばな》ひろひゐし日よ」（平成四年）
と回想されています。
疎開は共通のご体験でした。

昭和五十五年―1980―桑の実

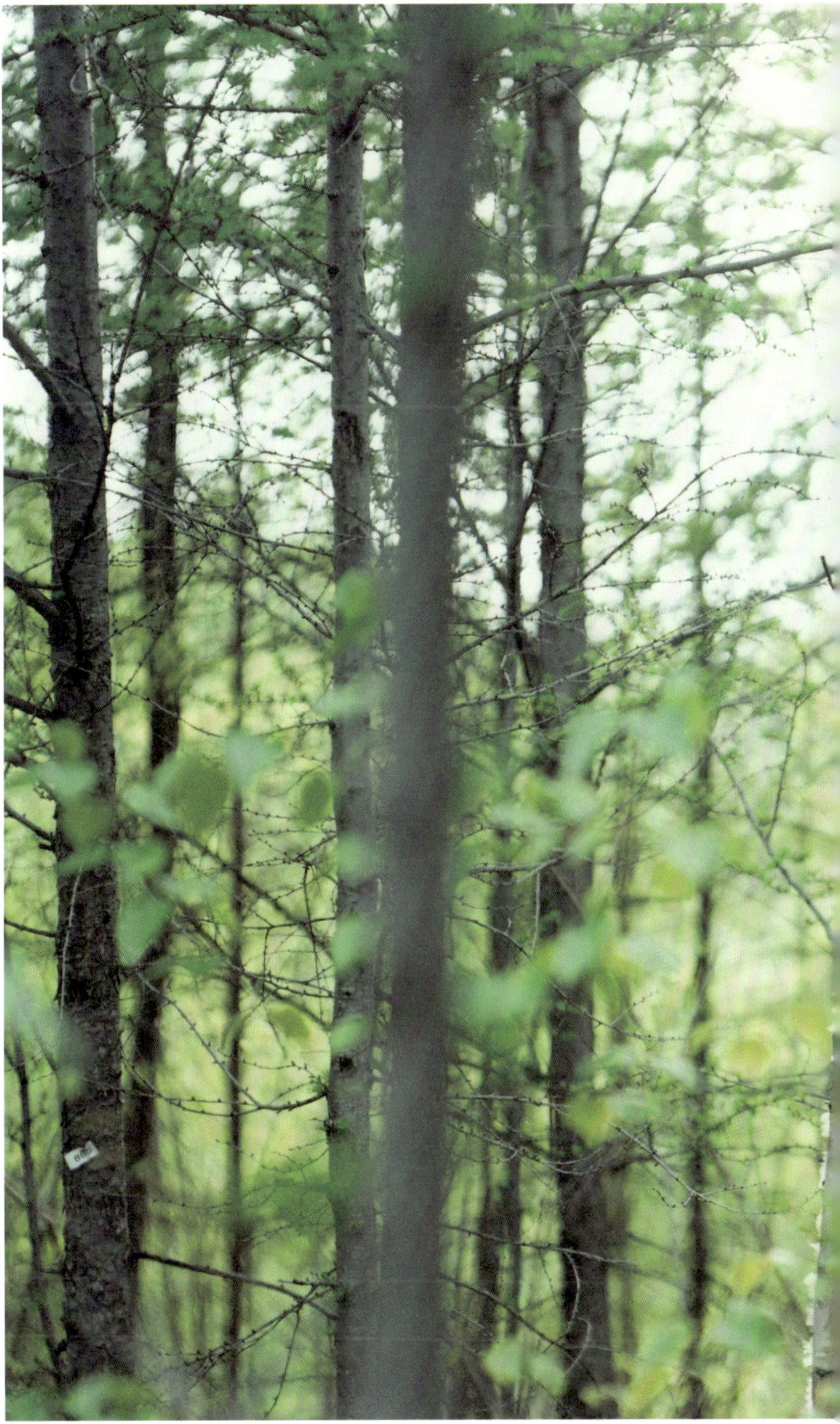

去年《こぞ》の星宿《やど》せる空に年明けて
歳旦祭《さいたんさい》に君いでたまふ

――大晦日《おおみそか》の星が残る夜空に
新しい年を迎え、君（皇太子さま＝今上天皇）は
歳旦祭《さいたんさい》にお出ましになられました――
歳旦祭は年頭に宮中三殿（賢所《かしこどころ》、皇霊殿《こうれいでん》、神殿《しんでん》）で
国家の隆昌と五穀豊穣、国民の幸せを
祈願する重要儀式です。
四方拝を済ませた天皇陛下が拝礼され、
続いて皇太子さま（今上天皇）が拝礼されます。
終わるころに暁闇《ぎょうあん》が明け始めます。

昭和五十四年―1979―　去年今年

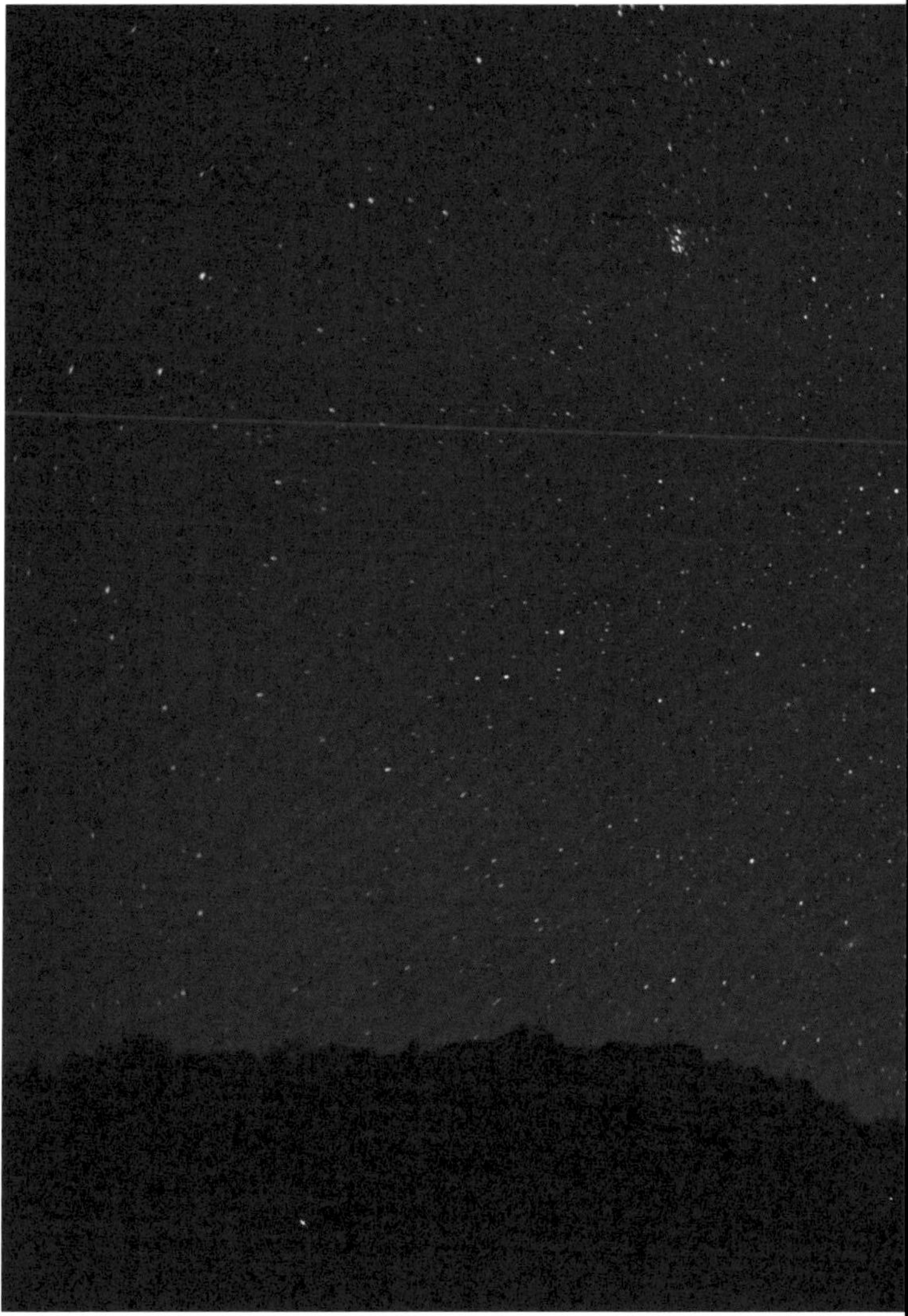

新嘗《しんじやう》のみ祭果てて還《かへ》ります
君のみ衣《ころも》夜《や》気《き》冷《ひ》えびえし

——新嘗祭《にいなめさい》を終えられ、戻ってこられた
君（皇太子さま）の御衣《ぎょい》は夜気を帯びて
冷え冷えとしておりますこと——

新嘗祭《にいなめさい》は毎年十一月二十三日に
宮中の神嘉殿《しんかでん》で行われる宮中の最重要祭祀《さいし》です。
その様子を皇太子さま（今上天皇）は
「ともしびの静かにもゆる神嘉殿
琴はじきうたふ声ひくく響く」（昭和三十二年歌会始）
と詠っておられます。

昭和五十四年｜1979｜夜寒

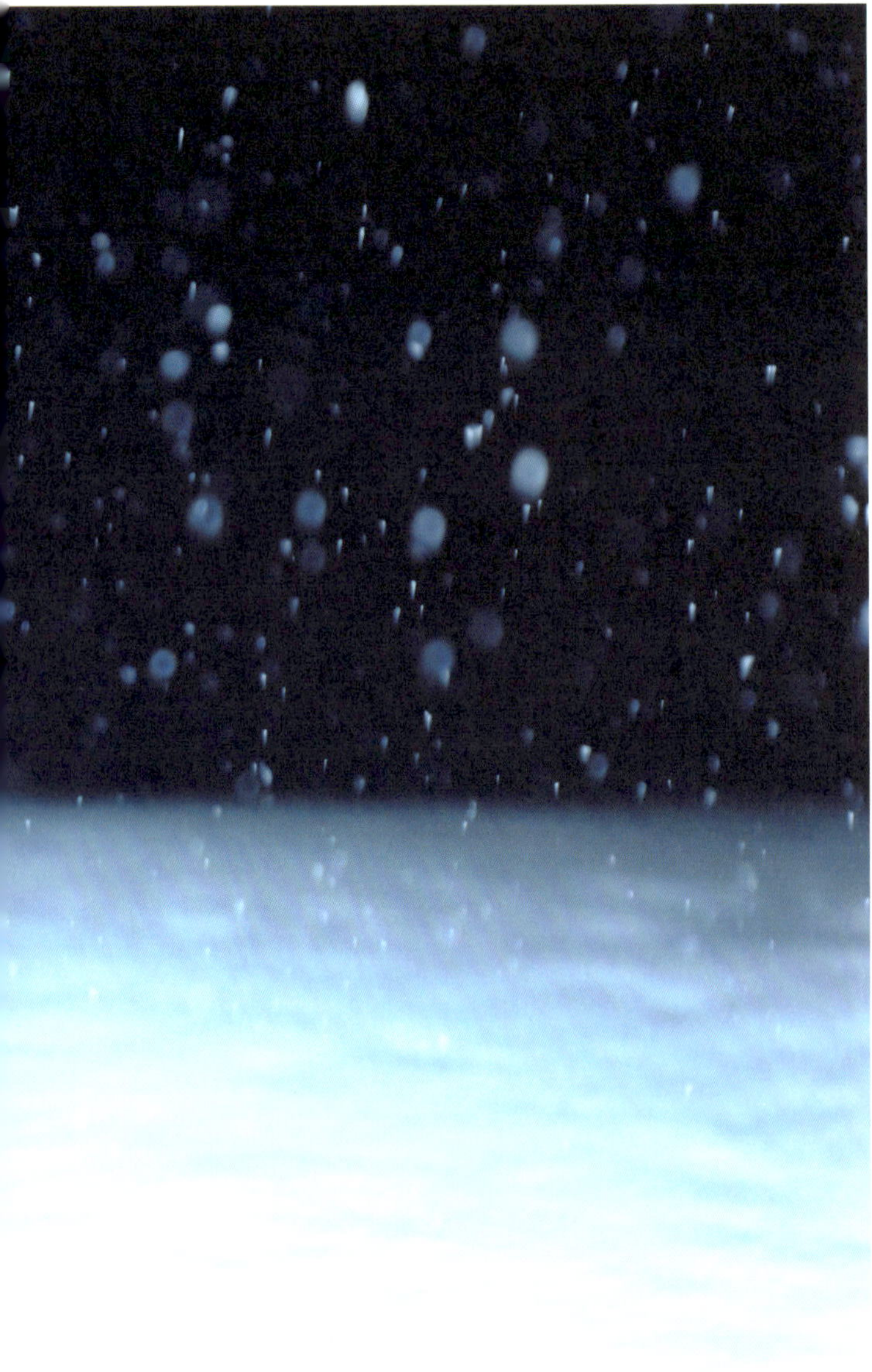

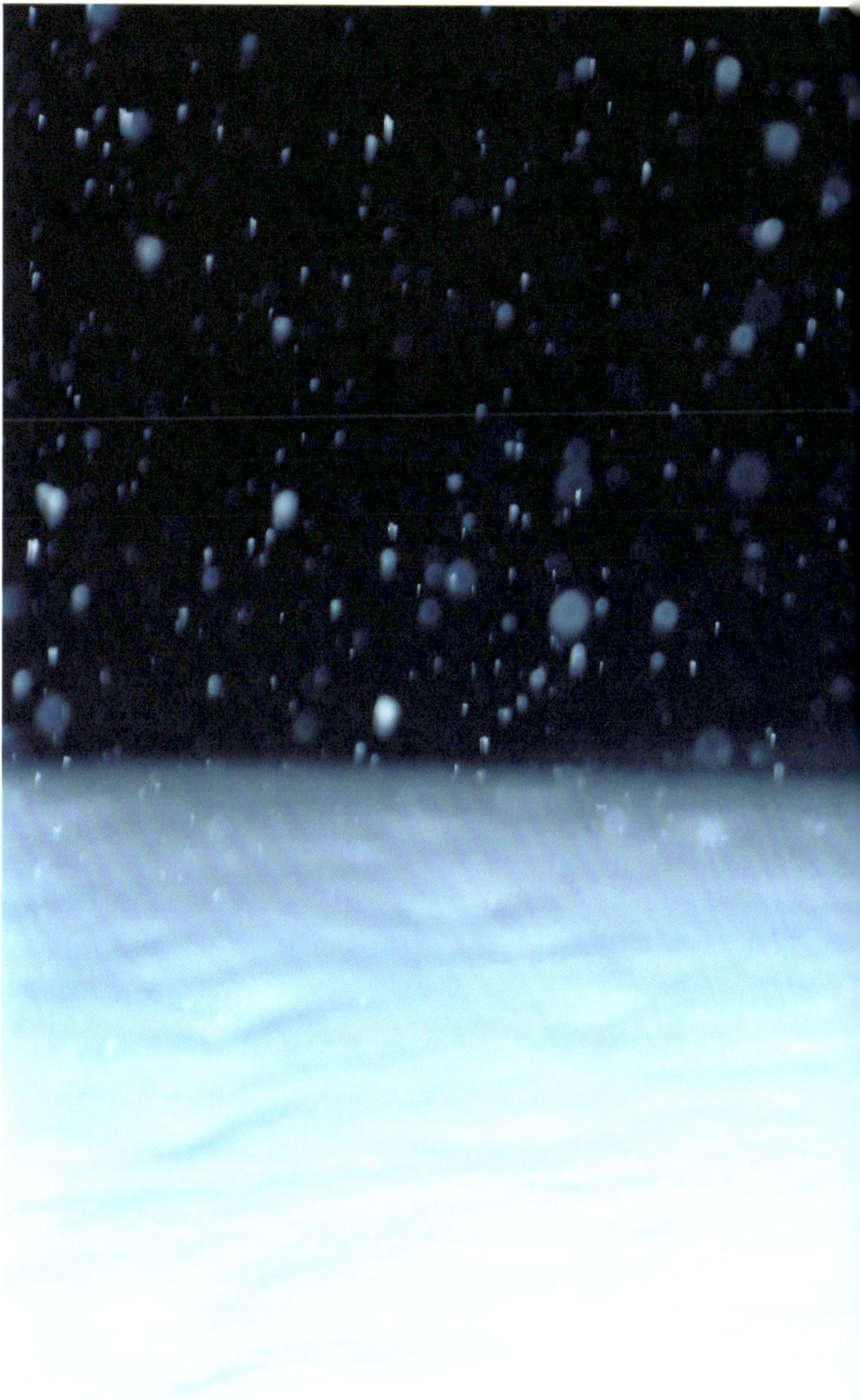

新嘗祭と皇室の稲作

新嘗祭《にいなめさい》は天皇陛下が宮中の神嘉殿《しんかでん》で、新穀のお初穂《はつほ》を天照大神や八百万《やおよろず》の神々にお供えして感謝し、神々と共に召し上がる行事で、皇太子さまも出席されます。この新嘗祭神嘉殿の儀は夜中のご祭典で「夕《よい》の儀」は午後六時から八時まで、「暁の儀」は午後十一時から午前一時に及びます。最も古く最も大事にされてきた宮中祭祀です。皇太子さまが新嘗祭の「暁の儀」を終えられて戻られるのは深夜になります。御衣は霜月《しもつき》十一月の夜気のため、冷え冷えとしています。

大嘗祭に供えられるお初穂は悠紀田《ゆきでん》と主基田《すきでん》で収穫されたものを使用します。新嘗祭はそれに準じて行われています。その一部として皇居内の御田の稲も用いられます。入江相政編『宮中歳時記』には、

「明治以前の宮中における稲作の沿革については詳らかでない。明治天皇は、明治の初め、赤坂御苑内に水田をつくらせて、陛下自ら耕されたと伝えられている」

と記されています。

昭和天皇は昭和二年に赤坂御苑内で田植えをされ、昭和四年から皇居内吹上御苑隣接地で稲作を続けられました。皇居の稲作は今上天皇に受け継がれています。

三　あづかれる宝にも似て

――皇子《みこ》たちとともに――

あづかれる宝にも似てあるときは
吾子《わこ》ながらかひな畏《おそ》れつつ抱《いだ》く

ご成婚の翌年、
昭和三十五年二月二十三日に男児出産。
浩宮徳仁親王《ひろのみやなるひとしんのう》のご誕生に
国中が沸き立ちました。
美智子さまは
「わが子はいつの日か
天皇となる定めの、お預かりした宝物」
と畏《おそ》れ敬《うやま》い感謝しつつ、
わが子を抱きしめられました。

昭和三十五年｜1960｜浩宮誕生

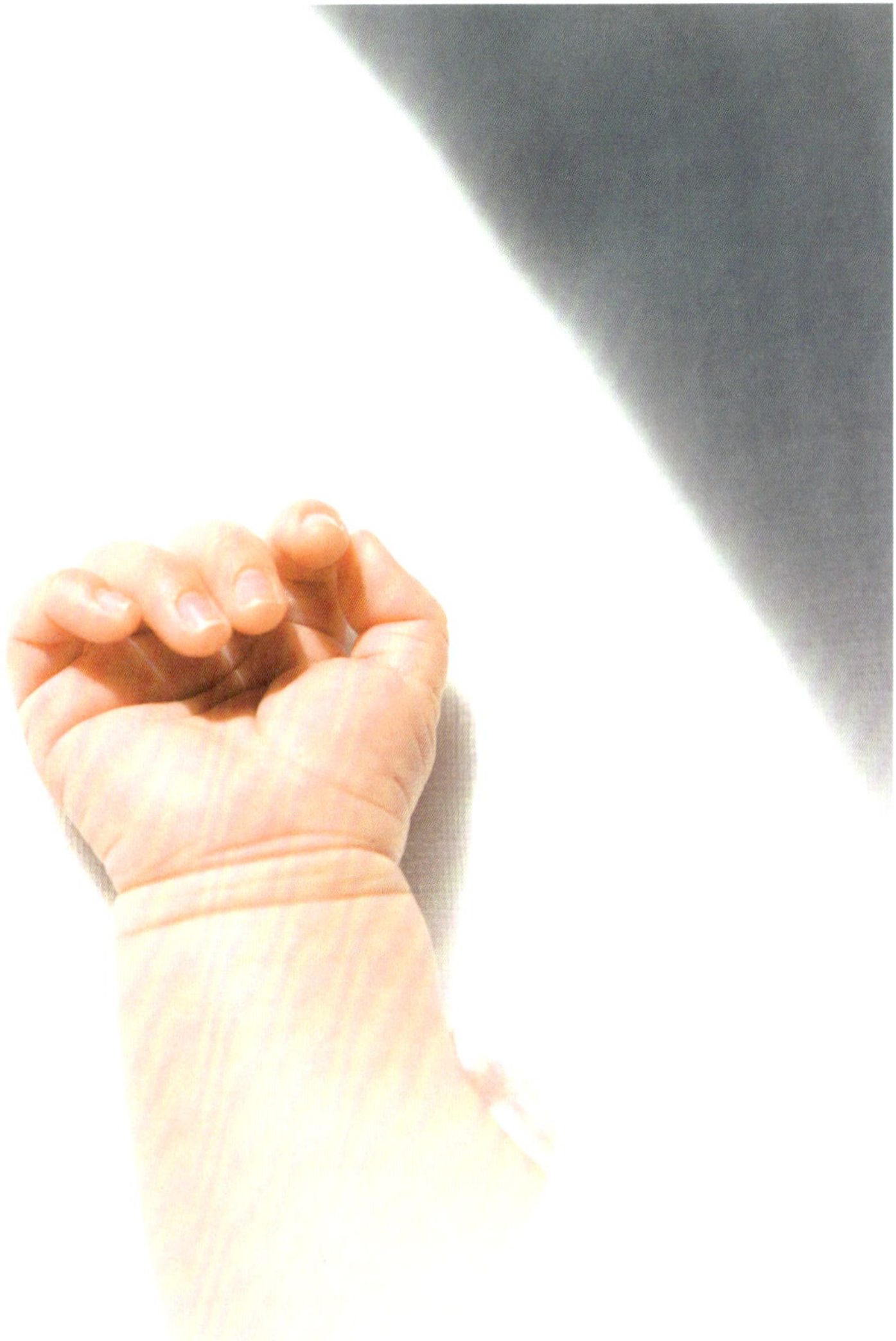

含《ふふ》む乳《ち》の真白《ましろ》きにごり溢れいづ
子の紅《くれなゐ》の唇生きて

「ふふむ」は「含む」の古語。
母乳の「真白きにごり」と
幼子《おさなご》の「紅《くれない》の唇」の対比が鮮やかです。
美智子さまは皇室古来の乳人《めのと》制度ではなく、
ご自分の母乳で育てる道を選びました。
そして「これは時代の変化で改革ではないの。
そして変化でさえ、人を傷つけ、
苦しめることがある。新しい時代の恩恵を、
前の時代への感謝と配慮なしにいただいては
いけないの」と言われたといいます。

昭和三十五年｜1960｜浩宮誕生

生《あ》れしより三日《みか》を過ぐししみどり児に
瑞《みづ》みづとして添ひきたるもの

――次男の礼宮文仁親王《あやのみやふみひとしんのう》が
昭和四十年十一月三十日に誕生されたとき、
五歳の浩宮さまは
「ぼくの弟なのね」
と言いながら、顔を近づけました――
美智子さまは泣き声も大きく、
健康で大きな礼宮さまを
「スサノウノミコトのようですね」と、
愛情をこめて言われました。

昭和四十年―1965― 礼宮誕生

少年の声にものいふ子となりて
ほのかに土の香も持ちかへる

――兄となり、この四月に小学校一年生となる
浩宮さまの声は、いつしか少年の声調をおび、
外遊びから土の香を持ち帰るほどです――
「あづかれる宝にも似」た皇子《みこ》の成長を、
眩《まぶ》しく誇らかに見つめる母の思いに満ちています。

昭和四十一年｜1966｜歌会始御題　声

幾光年太古《たいこ》の光いまさして
地球は春をととのふる大地

美智子さまは御成婚十年目を迎えられ、
浩宮さまは八歳に、
礼宮さまは三歳に成長され、
紀宮さまをご懐妊の身でした。

——若き母の幸せに満ちた視線の先に、
幾光年も彼方の太古の光が降りそそぎ、
大地はいま新しい命《いのち》を育む春《はる》　酣《たけなわ》です——
優しい眼差しと万葉集を思わせる
雄大なスケールです。

昭和四十四年｜1969｜歌会始御題　星

部屋ぬちに夕べの光およびぬ
花びらのごと吾子《わこ》は眠りて

——部屋のなかに春の夕日がさしこみ、
まるで花びらのように美しく、
愛児《わがこ》は眠っています——

待望の姫宮誕生です。
昭和四十四年四月十八日、
結婚十年にして女の子を授かりました。
「ぬち」は「のうち」をあらわす上代語です。

昭和四十四年｜1969｜紀宮誕生

家に待つ吾子《わこ》みたりありて粉雪《こゆき》降る
ふるさとの国に帰りきたりぬ

——家には浩宮（十歳）、礼宮（四歳）、
紀宮（生後十ヵ月）の三人の子どもが待っています。
国際親善の公務を終え、
粉雪舞う故国日本に帰りました——

前年二月に、皇太子さま（今上天皇）とマレーシア、
シンガポールを訪問されました。
「家に待つ吾子《わこ》みたり」の意味は深く、
新たに始められた天皇家の親子同居という
画期的な変化をさり気なく示しています。

昭和四十六年｜1971｜歌会始御題　家

四　かすかなる音

——皇室と養蚕——

真夜《まよ》こめて秋蚕《あきご》は繭《まゆ》をつくるらし
ただかすかなる音のきこゆる

——真夜中に秋蚕《あきご》（夏から晩秋にかけて飼育する蚕）は
繭《まゆ》を紡《つむ》いでいるらしく、
かすかな（糸を吐く）音が聞こえてきます——

この年までの美智子さまの御歌は、

「常磐松《ときわまつ》の御所（三首）」「浩宮誕生（二首）」

「礼宮誕生（二首）」を除き、すべて一題一首です。

この「秋蚕」に至り、深い感興《かんきょう》の現れでしょうか、
一気に五首を詠まれています。その第一首です。

昭和四十一年｜1966｜秋蚕　五首の一

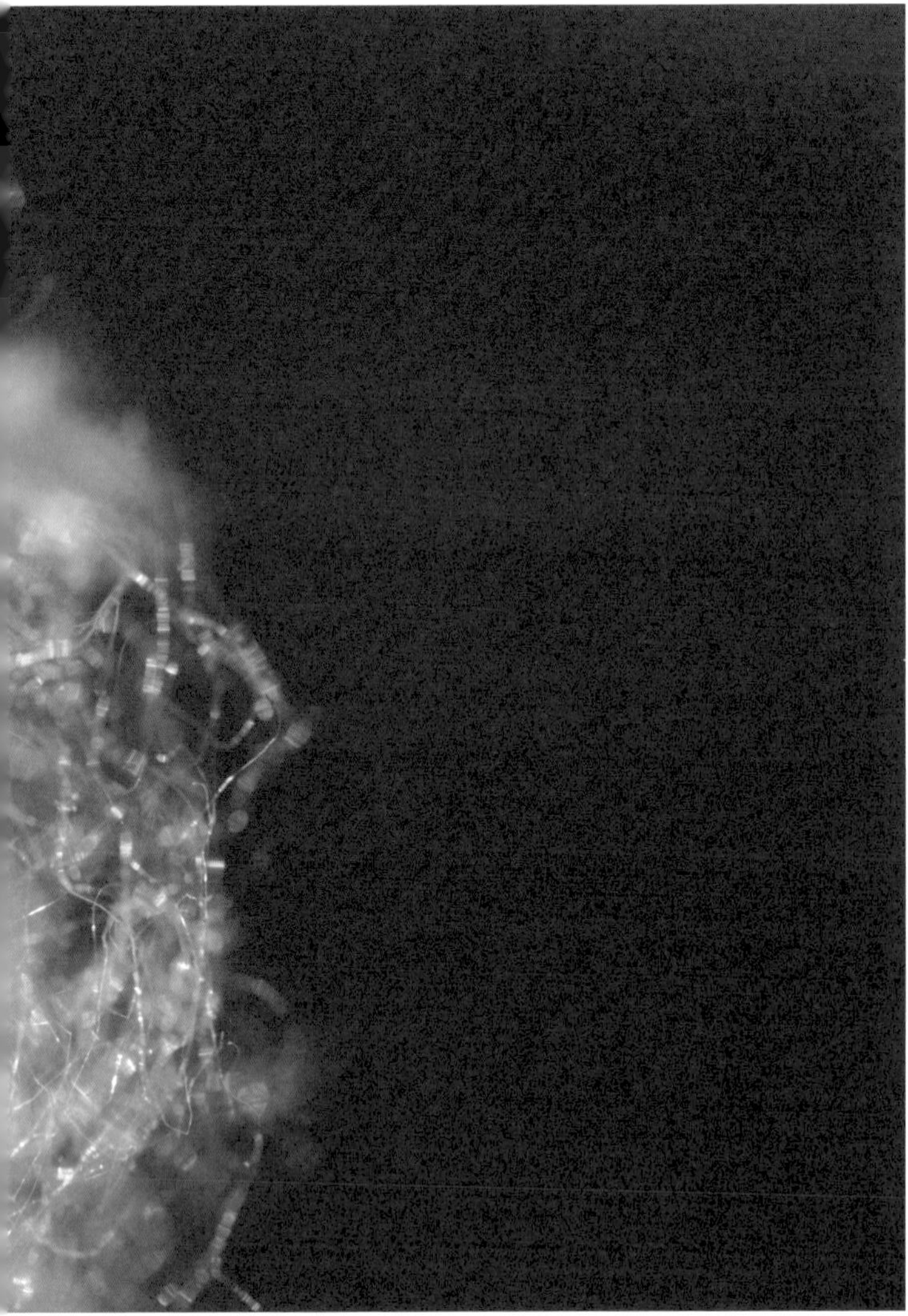

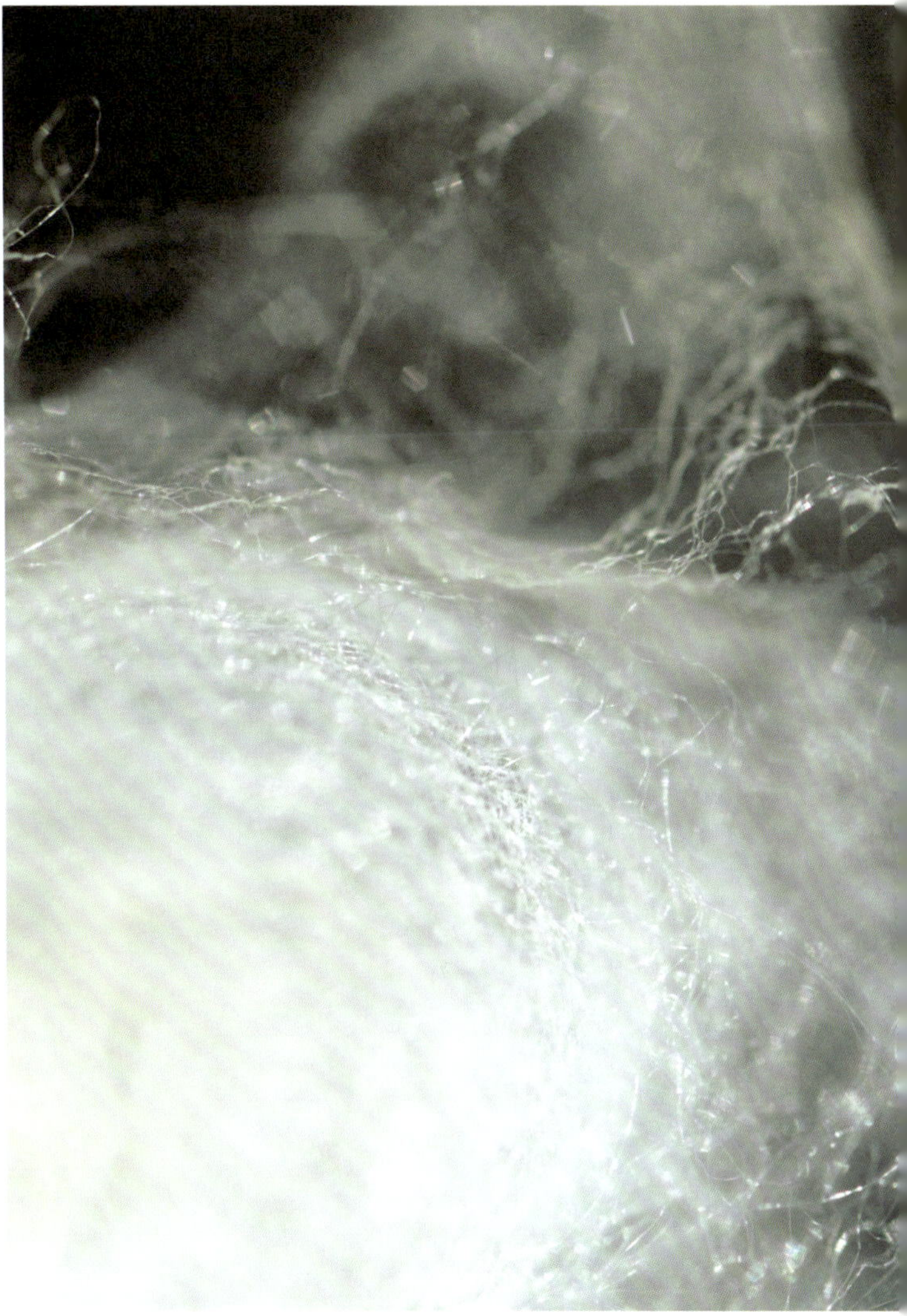

時折《ときをり》に糸吐《は》かずをり
薄き繭の中なる蚕《かひこ》疲れしならむ

――時折、糸を吐くのを休む気配がします。
紡《つむ》ぎ半ばで蚕《かいこ》は疲れてしまったのでしょうか――
蚕は蔟《まぶし》（繭《まゆ》をつくるために蚕を入れる用具）に入って
一晩すると糸を吐き始め、
二〜三日で繭をつくります。
薄い繭はまだ紡ぎ半ばをあらわしています。

昭和四十一年｜1966｜秋蚕　五首の二

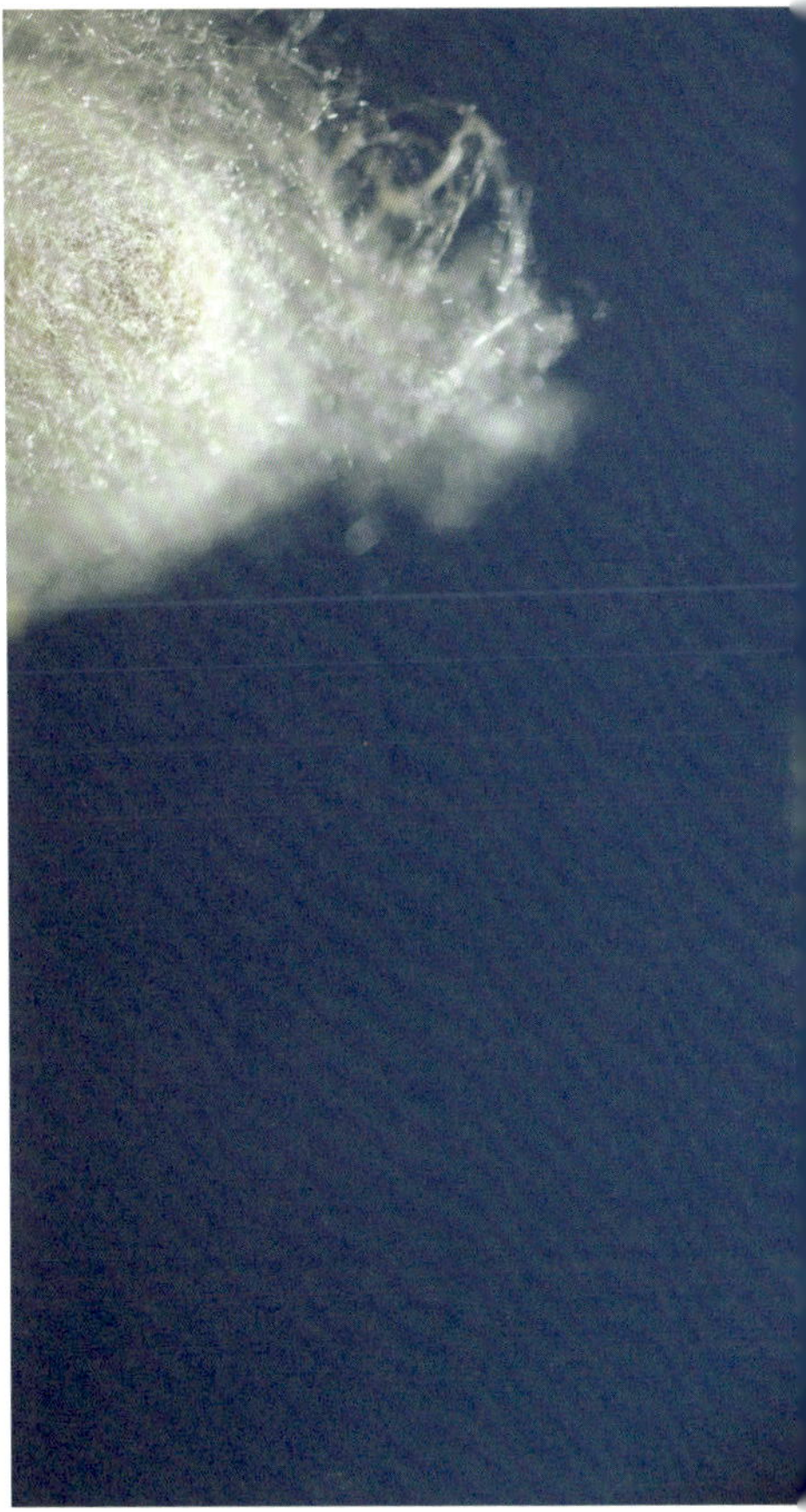

籠《こも》る蚕《こ》のなほも光に焦《こ》がるるごと
終《つひ》の糸かけぬたたずまひあり

――繭も完成に近づきました。
しかし、光に焦がれるように、
なぜか、仕上げの糸を吐かず、
たたずんでいるようです――

下の句の「終《つい》の糸かけぬたたずまひあり」の、蚕の動と静のかすかな動きを鋭敏にとらえ、逡巡《しゅんじゅん》を仮託する洞察の深さに感嘆します。

昭和四十一年―1966―秋蚕　五首の三

音《おと》ややにかすかになりて
繭の中のしじまは深く闇にまさらむ

——蚕の気配もかすかになり、
繭の中は夜陰の闇に勝るほど、
深い静謐《せいひつ》に包まれています——

かつて養蚕が盛んなころ、
養蚕農家には広い蚕部屋があり、
上蔟《じょうぞく》室（蚕に繭を作らせる部屋）の暗闇で、
回転蔟《まぶし》の蚕の動きを聞きながら、
秋蚕《あきご》作業の一段落に安堵《あんど》したものです。

昭和四十一年｜1966｜秋蚕　五首の四

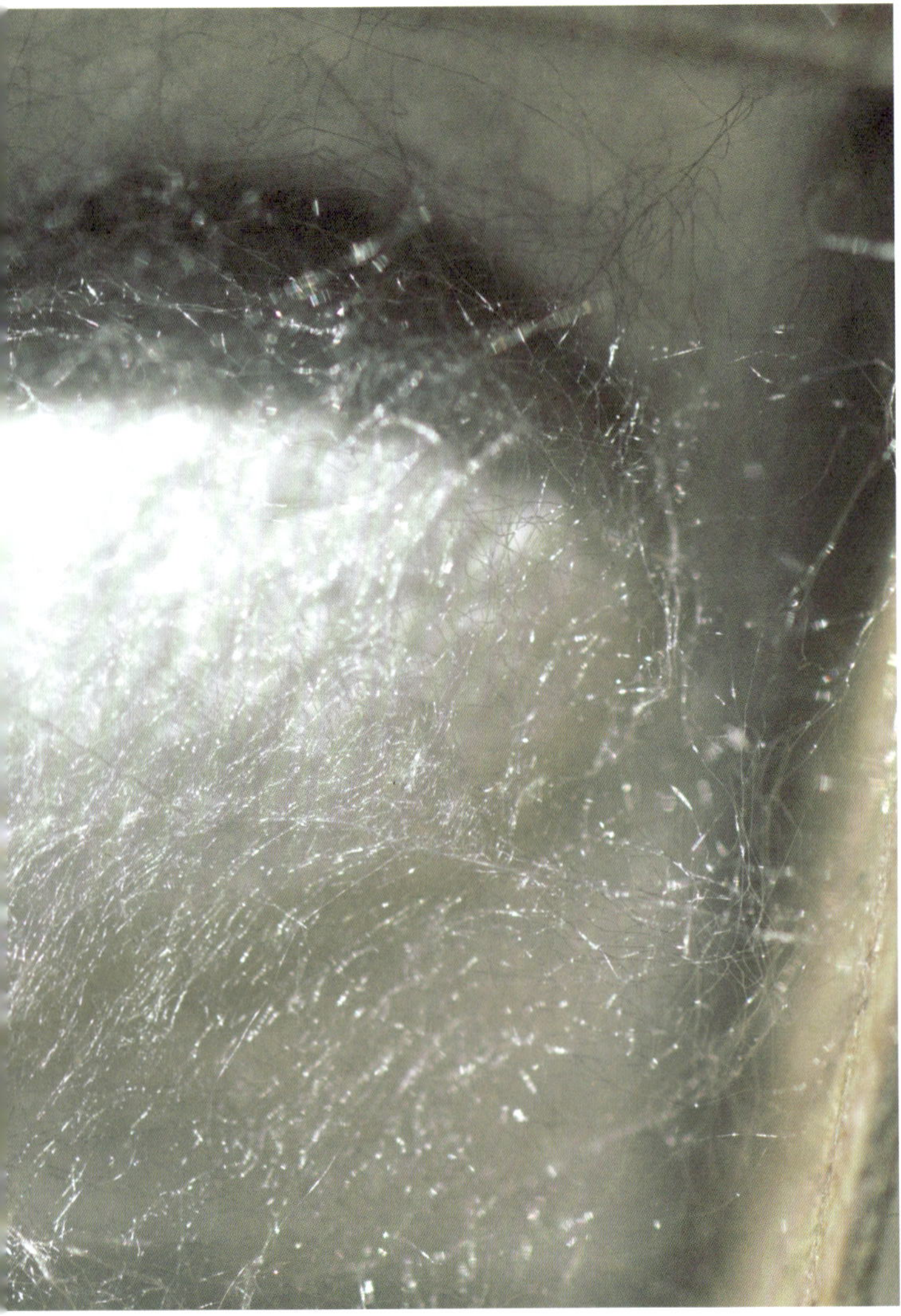

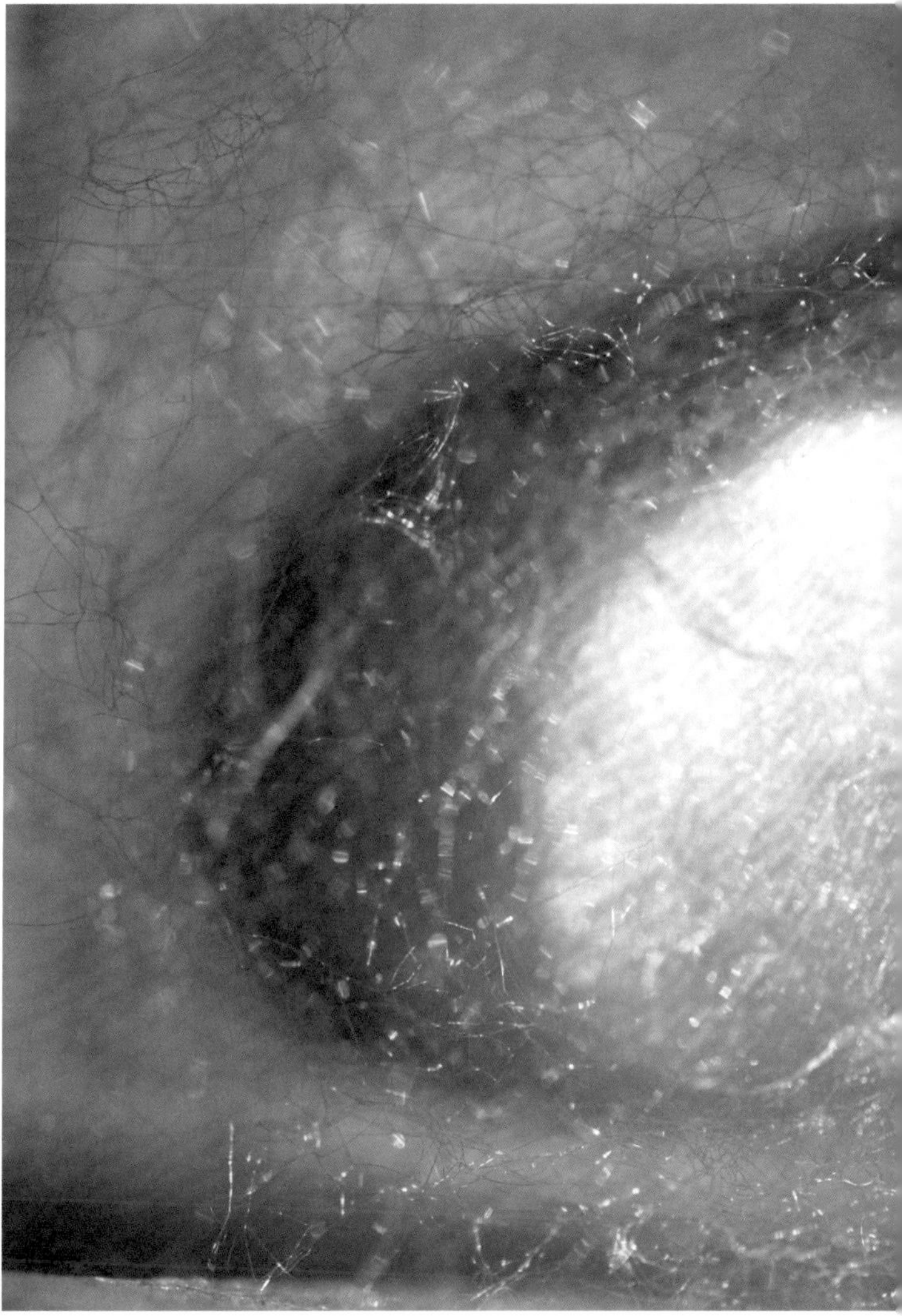

夏の日に音たて桑を食《は》みゐし蚕《こ》ら
繭ごもり季節しづかに移る

――夏に音立て盛んに桑の葉を食べていた蚕も
（四度の眠りと脱皮を経て）繭《まゆ》となり、
秋蚕《あきご》の季節は終わりに近づきました――

皇室の養蚕は明治四年に
昭憲皇太后《しょうけんこうたいごう》（明治天皇の皇后）が始められ、
歴代皇后が継承し、美智子さまも平成二年に
香淳皇太后から受け継がれました。

昭和四十一年｜1966｜秋蚕　五首の五

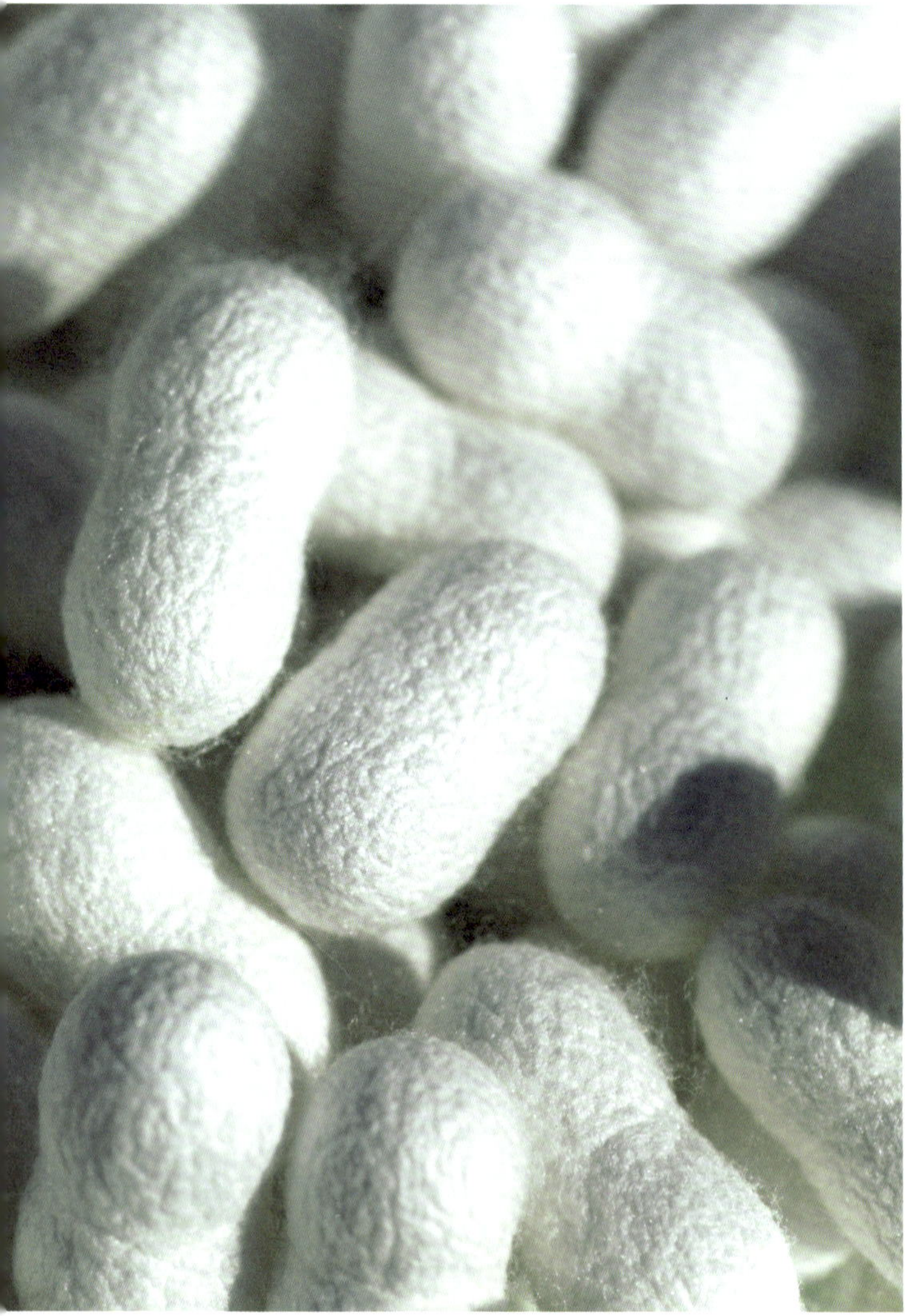

皇室と養蚕と稲作

昭憲皇太后（明治天皇の皇后）が皇室の養蚕を始めた明治四年に、明治政府は国策の絹や生糸の輸出を推進するため、富岡製糸場の建設に着手します。

当時は春蚕《はるご》しか飼育できず、明治三年に埼玉県深谷の五明紋十郎が秋蚕《あきご》の技法を考案し、五年に操業開始した富岡製糸場の尾高惇忠工場長が開発に努めました。その結果、春蚕、夏蚕、秋蚕が可能となり繭の生産量が倍増、生糸の輸出量も飛躍的に増加し、日本の輸出の根幹を占めました。

皇居内での天皇陛下の稲作と皇后陛下の養蚕は、日本文化と皇室の根幹を象徴するものです。

天皇陛下の祈りとともに育てられた稲は、秋の伊勢神宮の神嘗祭《かんなめさい》や宮中の新嘗祭《にいなめさい》の初穂の一部として用いられます。

皇后美智子さまが皇居・紅葉山御養蚕所で飼育される蚕の生糸は、外国の要人に贈る着物などに使用されます。

また純国産の蚕・小石丸（一〇二―一〇三頁の写真）の生糸が、正倉院宝物の古代絹織物の復元事業になくてはならぬ古来同様の絹糸として活用されています。

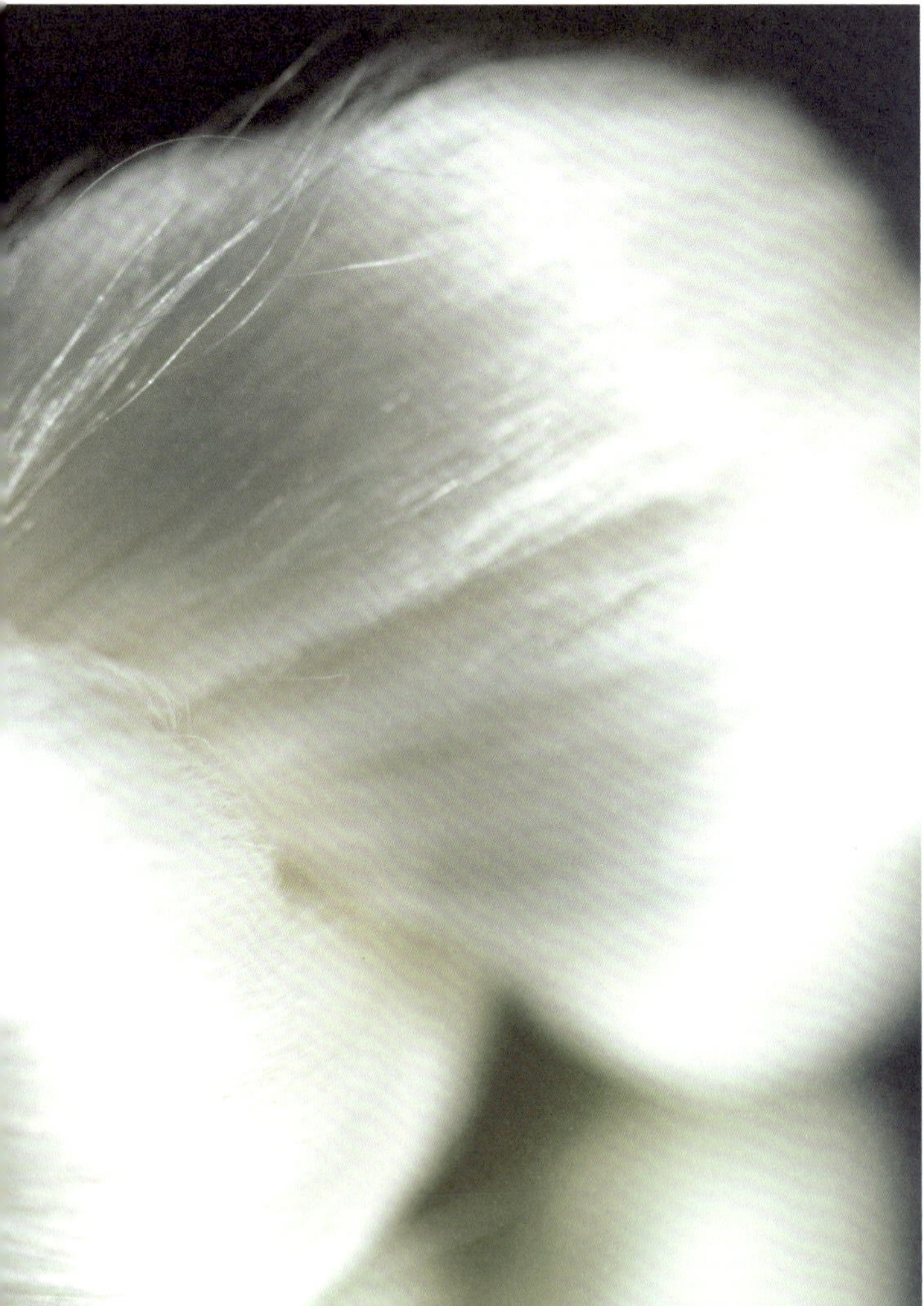

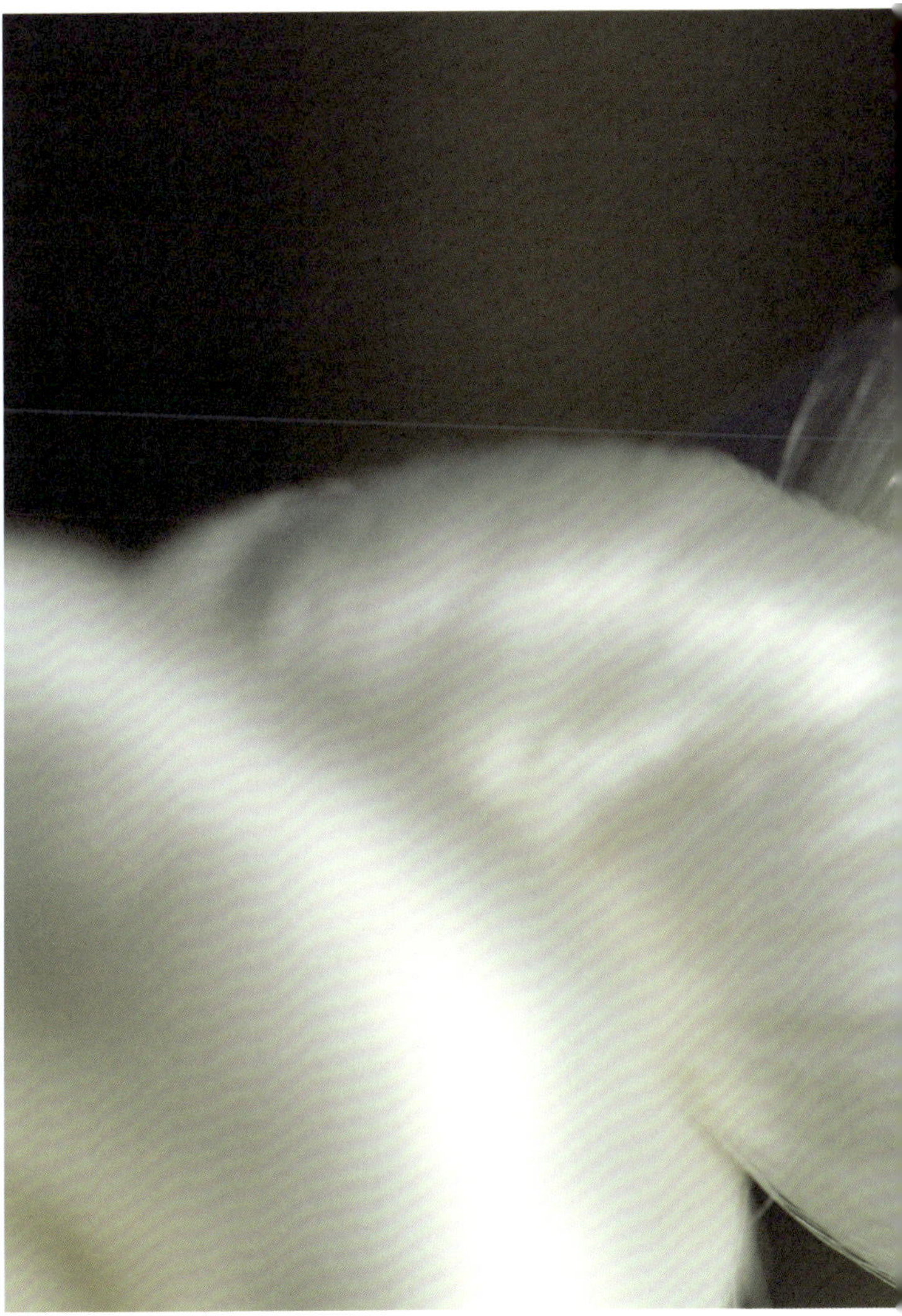

葉かげなる天蚕《てんさん》はふかく眠りゐて
櫟《くぬぎ》のこずゑ風渡りゆく

――（皇居・紅葉山《もみじやま》の櫟《くぬぎ》の）葉陰についた天蚕《てんさん》の繭は深く眠り、
頭上の櫟林《くぬぎばやし》の梢《こずえ》を一陣の風が吹き抜けていきます――
天蚕（ヤママユガ）はわが国在来の野蚕《やさん》の代表です。
クヌギ、コナラなどの葉を好み、青味の生糸となります。
美智子さまは紅葉山御養蚕所で
天蚕を大切に飼育しておられます。

平成四年―1992― 歌会始御題　風

五　セキレイの冬のみ園に

――昭和天皇と香淳皇后と――

セキレイの冬のみ園に遊ぶさま
告げたしと思ひ醒《さ》めてさみしむ

――「セキレイが冬の御所の森に来ています」
とお伝えしようと思い、
いらっしゃらないのに気づき、
寂しいかぎりです――

セキレイは秋の季語。
厳冬の昭和六十四年一月七日に
崩御《ほうぎょ》された昭和天皇をお偲《しの》びする御歌《みうた》です。
かつて昭和天皇は浩宮さまの誕生を喜び、
那須野を乳母車で散歩する若き母と初孫を見て、
「山百合の花咲く庭にいとし子を
車にのせてその母はゆく」と目を細められました。

平成元年―1989―昭和天皇崩御

癒《い》えまして再び那須の広原に
仰がむ夏を祈りしものを

――快癒《かいゆ》されてもう一度、那須野での夏を
ご一緒できますように、とお祈りしましたのに――

この昭和天皇をお偲びする御歌《みうた》は、
昭和六十四年の歌会始に準備された昭和天皇の御製、
「空晴れてふりさけみれば那須岳は
さやけくそびゆ高原のうへ」
と呼応し、浩宮さま出産後の昭和三十五年夏の、
那須御用邸で静養された思い出が
こめられているようです。

平成元年｜1989｜昭和天皇崩御

いつの日か森とはなりて陵《みささぎ》を
守らむ木木かこの武蔵野に

詞書《ことばがき》に「平成二年一月七日、武蔵野陵に詣づ
御陵のめぐりに御愛樹のあまた植ゑられてありければ」
とあり、昭和天皇の一年祭（神式の儀式。仏式の一周忌に相当）に詣でたときの情景を詠われたものです。

「いつの日か森とはなりて……」の上の句は、悠久《ゆうきゅう》の時の流れと深い追悼の念《おもい》を感じさせ、圧倒的です。

平成三年―1991―歌会始御題　森

母宮のみ車椅子を
ゆるやかに押して君ゆかす緑蔭の道

——陛下が吹上大宮御所《ふきあげおおみやごしょ》に続く緑蔭の小道で、
母宮《ははみや》「香淳《こうじゅん》皇太后」の乗る車椅子を
ゆるやかに押しておられます——

このとき香淳皇太后九十二歳。
六十二歳の陛下の親孝行のかたわらに、
美智子さまが寄り添われています。
一幅の名画のような光景です。

平成七年—1995—緑蔭

現《うつ》し世にまみゆることの又となき
御貌《みかほ》美し御舟《おふね》の中に

──この世で再びお会いできない、
香淳《こうじゅん》皇太后の美しいお顔が
御舟《おふね》（棺《ひつぎ》のこと）のなかに納められました──
平成十二年六月十六日に
九十七歳で崩御された香淳皇太后との
永久《とわ》の別れです。
皇太后のお印《しるし》は桃です。
おおらかでおっとりとしたご性格で、
書や刺繍、日本画、謡（観世流）、バラの栽培、
ピアノなど多趣味で、
日本画の雅号は「桃苑」でした。

平成十二年―2000― 香淳皇后御舟入の儀

六　御代《みよ》の朝あけ

――即位と大嘗祭《だいじょうさい》――

平成の御代《みよ》のあしたの大地《おほつち》を
しづめて細き冬の雨降る

昭和六十四(一九八九)年一月七日、
昭和天皇が崩御《ほうぎょ》されました。
直ちに「剣璽等承継《けんじとうしょうけい》の儀《ぎ》(三種の神器の継承)」が
行われ、八日に「平成」と改元。
九日に皇居正殿松の間で、
新帝が皇位継承を内外に宣言する
「即位後朝見《ちょうけん》の儀《ぎ》」が行われました。
平成の御代《みよ》の始まりです。
この日、東京は朝から大地《おおつち》を鎮めるように
しめやかな小雨が降っていました。

平成二年—1990—平成

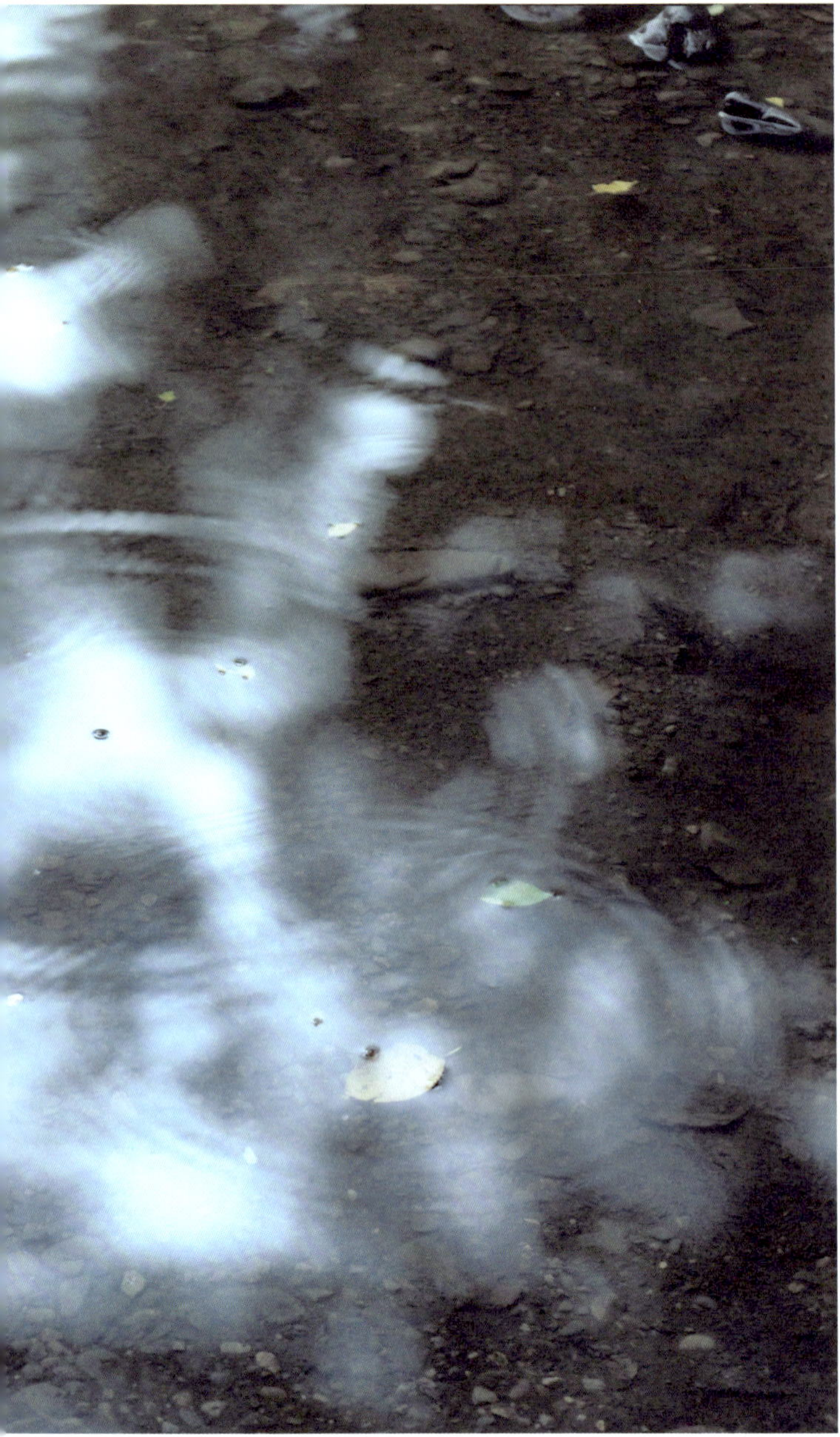

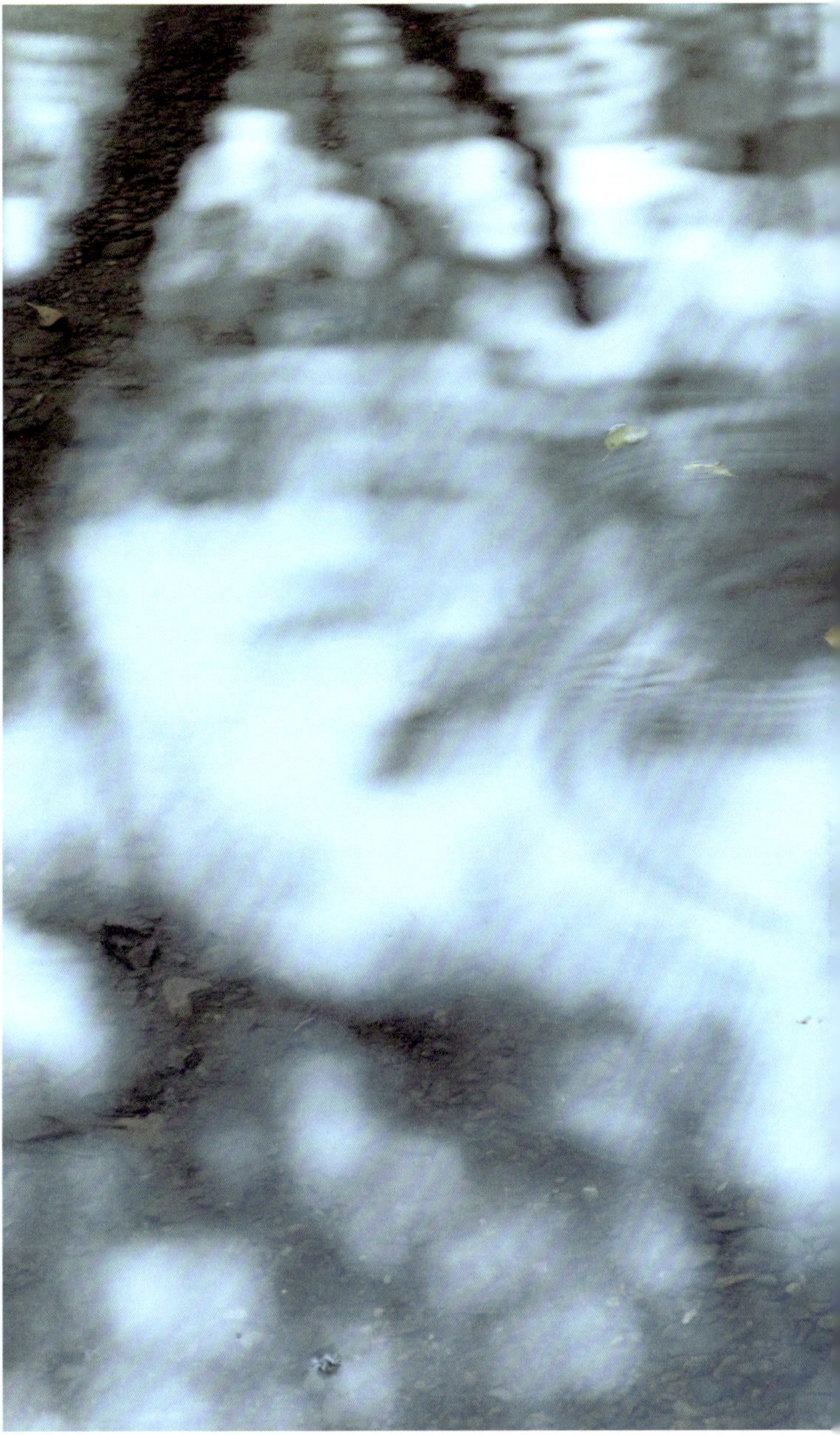

皇位継承と平成の雨

「剣璽等承継の儀（三種の神器の継承）」は三種の神器のうち、剣（天叢雲剣《あめのむらくものつるぎ》＝草薙剣《くさなぎのつるぎ》）と璽《じ》（八尺瓊勾玉《やさかにのまがたま》）を大行《たいこう》天皇（昭和天皇）から継承するもので、同時に国璽《こくじ》（国家の官印）と御璽《ぎょじ》（天皇の印）の承継も行われます。

昭和六十四年一月七日、昭和天皇が崩御された直後に、皇居正殿松の間に国民代表の内閣総理大臣、最高裁判所長官、衆議院・参議院両院議長の、行政・司法・立法の三権の長、全閣僚などが参列し、今上天皇が皇族とともに出御され、「剣璽等承継の儀」が執り行われました。

「平成」への改元は元号法にもとづき、翌八日に決定。小渕恵三内閣官房長官がテレビで速報しました。九日の「即位後朝見の儀」は皇位を継承して初めて国民の代表とお会いになる、重要な儀式です。内閣総理大臣はじめ三権の長、都道府県の長とその夫人など、二百四十三人が出席。天皇陛下はモーニングコートの左腕に喪章をつけ、皇后陛下は黒のロングドレスに黒い帽子でした。

美智子さまは記念すべき「平成の御代の朝《あした》の小雨」を印象的に詠われました。

昭和天皇の尊称

昭和天皇の尊称を整理してみます。

①今上《きんじょう》天皇――「当代の天皇」の意味で、崩御されるまでの尊称です。
②大行《たいこう》天皇――崩御されてから「昭和天皇」の諡号《しごう》が贈られるまでの尊称です。
③昭和天皇――諡号が追号（平成元年一月三十一日）されてからの尊称です。

皇太子明仁殿下は一月七日に第百二十五代の皇位を継承し、今上天皇となられました。

明治天皇、大正天皇、昭和天皇の三代はそれぞれ年号が諡号です。元来、年号を諡号とする規定はなく、在位中に年号を改元しない「一世一元の制」が明治初年に制度化された影響です。原則的に言いますと、今上天皇の諡号が年号の「平成」に決定されているのではありません。「平成の天皇」との敬称も用いられておりますが、正式の尊称は「今上天皇」です。

即位後最初の新嘗祭《にいなめさい》（にひなめまつり）が大嘗祭《だいじょうさい》（おほにへまつり）です。即位礼は平成二年十一月十二日に、大嘗祭は二十二～二十三日に挙行されました。御即位を祝う皇后陛下の御歌と、天皇陛下の大嘗祭への決意を示す御製が詠まれました。

長き年《とし》目に親しみし御衣《みころも》の
黄丹《わうに》の色に御代の朝《あさ》あけ

美智子さまはご即位並びに大嘗祭に当たり、
――長い間、皇太子さまの黄丹《おうに》の衣の色に
慣れ親しんできましたが、
いよいよ天皇として黄櫨《こうろ》染《ぜんの》御袍《ごほう》に着替え
大嘗宮に向かわれる朝です――
と感慨を深め、陛下は第百二十五代天皇として
大嘗祭に臨む御心を
「父君のにひなめまつりしのびつつ
我がおほにへのまつり行なふ」
と悠久の歴史を継承する気概を詠われました。

平成二年―1990―御即位を祝して

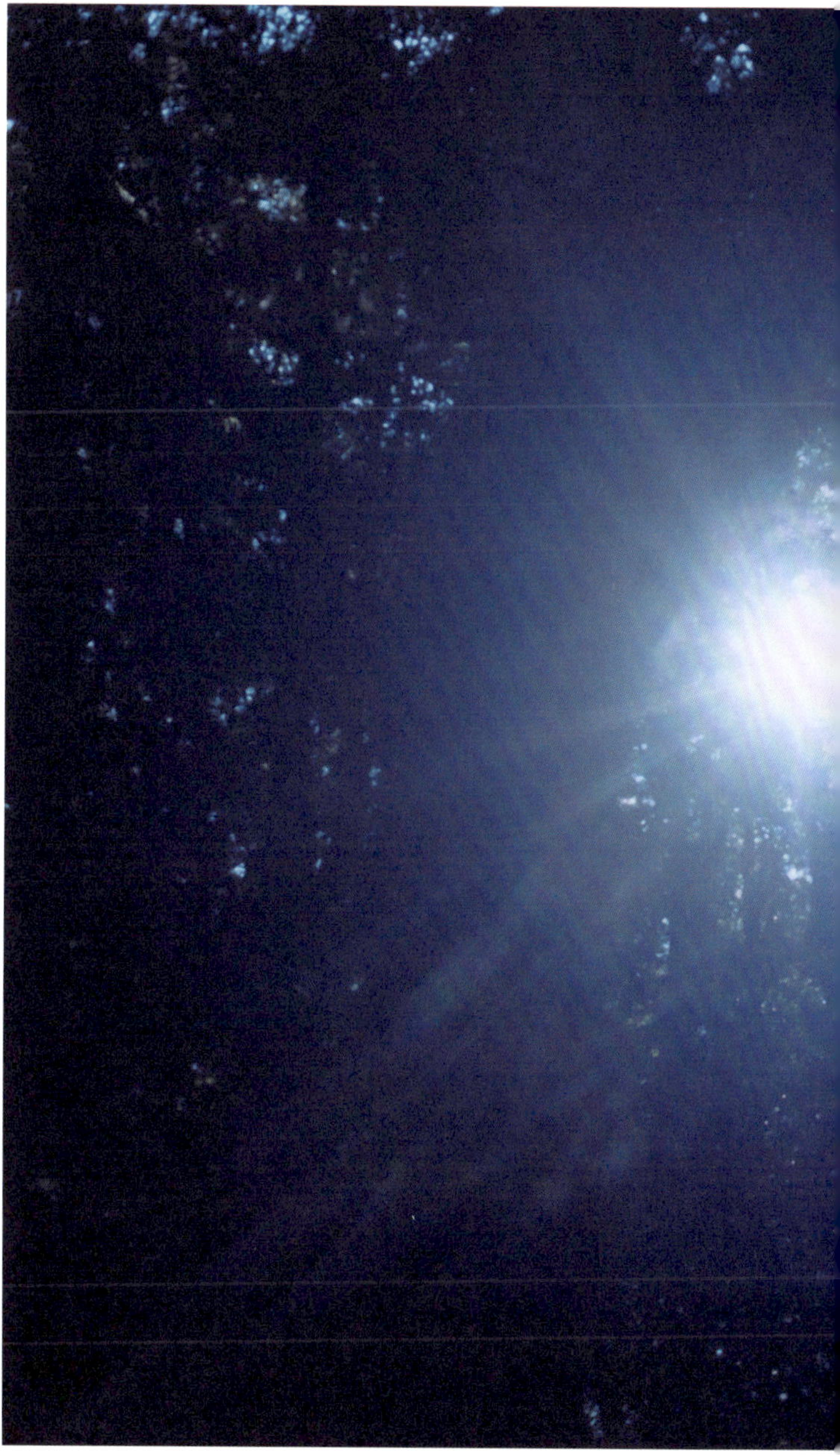

人びとに見守られつつ御列《おんれつ》の
君は光の中にいましき

平成二年十一月十二日の即位の礼には
国家元首級の七十ヵ国の要人が参列し、
沿道の十万人を超す人々の歓迎を受けて、
オープンカーで赤坂御所までパレードされました。
十九年後の回想です。
即位の折りの天皇陛下の御製、
「外国のあまたまれ人集ひ来て
宴の夜を語り過ごしぬ」（平成二年）
を思い出します。

平成二十一年｜2009｜御即位の日　回想

赤玉の緒《を》さへ光りて
日嗣《ひつぎ》なる皇子《みこ》とし立たす春をことほぐ

今上《きんじょう》天皇が平成二年十一月に
即位されたのに続き、平成三年
二月二十三日に浩宮徳仁《ひろのみやなるひと》親王の
立太子礼《りったいしれい》が行われました。
「あづかれる宝」の皇子《みこ》が次期天皇の
御位《みくらい》「皇太子」となられたのです。
御歌《みうた》の意は、

――天皇の直系（赤玉《あかたま》の緒《お》）で、
光り輝く皇位（日嗣《ひつぎ》）を受け継ぐ
皇太子になられました、
めでたい春をお祝いいたします――

平成三年―1991―立太子礼奉祝御題　春

七　嫁ぎくる人の

――皇子《みこ》たちの成長と結婚――

嫁《とつ》ぎくる人の着物を選びをへ
仰ぐ窓とほき夕茜雲《ゆふあかねぐも》

昭和天皇が崩御《ほうぎょ》され、
平成の御代《みよ》となった年の秋、
皇后美智子さまは、
次男の文仁親王《ふみひとしんのう》（礼宮《あやのみや》さま）のもとに嫁ぐ
川嶋紀子《きこ》さまの振り袖を選ばれました。
選び終えホッと見上げると、
窓の外に夕日を受けて茜雲《あかねぐも》が拡がり、
永遠《とわ》の別離《わかれ》の哀しみと
新たな出会いの喜びが
織りなされていくようです。

平成元年―1989―窓

みどり児と授《さづ》かりし日の遠くして
今日納采《なふさい》の日を迎へたり

「納采《のうさい》の儀《ぎ》」は皇族の結婚の際の儀式です。
仁徳《にんとく》天皇が皇后を迎えるときに
贈り物をされたのが始まりと言われ、
一般の「結納《ゆいのう》」の起源となりました。
文仁親王《ふみひとしんのう》（礼宮さま）の納采の儀は
平成二年一月十二日に行われ、
美智子さまは二十四年前の
文仁親王誕生の日（昭和四十年十一月三十日）を
思い出しながら、
お二人の婚約を心底から喜ばれています。

平成二年―1990―　みどり児　文仁親王婚約

瑞《みづ》みづと早苗生ひ立つこの御田《みた》に
六月の風さやかに渡る

文仁親王と川嶋紀子《きこ》さまのご婚儀は
平成二年六月二十九日に行われました。
――皇室に瑞々《みずみず》しい早苗《さなえ》のような紀子さまを迎え、
六月の薫風《くんぷう》が爽《さわ》やかに吹き渡るようです――
ご結婚後、天皇陛下から皇室ゆかりの
奈良市北西部の秋篠《あきしの》の里に因《ちな》む
「秋篠宮《あきしののみや》」の宮号《みやごう》を賜り、
秋篠宮家が創設されました。
紀子さまのお印は檜扇菖蒲《ひおうぎあやめ》です。

平成二年―1990―　文仁親王の結婚を祝ふ　御兼題　早苗

「宮家」

「宮家」は秋篠宮のように、宮号を賜った皇族です。現在は、
①秋篠宮　平成二年創設
②常陸宮　昭和三十九年創設
③三笠宮　昭和十年創設
④高円宮　昭和五十九年創設
の四宮家です。
幕末から明治時代にかけて山階宮、梨本宮、北白川宮などの宮

家が新設され、大正時代に高松宮、秩父宮、三笠宮が創設されました。戦後、GHQの指令で皇室財産の国有化や皇族の特権の停止が実施され、高松宮、秩父宮、三笠宮を除く十一宮家が皇族を離れ、その後現在の皇室典範により皇籍を離脱しました。現在の皇室典範では「天皇及び皇族は、養子をすることができない（第九条）」とされ、「皇族女子は、天皇及び皇族以外の者と婚姻したときは、皇族の身分を離れる（第十二条）」と定められています。

現状で未婚の男性皇族のおられるのは秋篠宮家のみです。そのため秋篠宮家以外の宮家は近い将来、断絶してしまうという問題をかかえています。

春の光溢るる野辺の柔かき
草生《くさふ》の上にみどり児を置く

――陽春の柔らかな陽差しがあふれる芝生の上に、
初々しい、眞子《まこ》内親王をそっと置きました――
平成三年十月二十三日、
「秋篠宮家に内親王誕生」の朗報です。
両陛下にとって待望の初孫でした。
わが子を「あづかれる宝」と抱《いだ》いたのと異なる、
孫とすごす時間の流れに
包まれているようです。

平成四年｜1992｜草生　平成三年十月秋篠宮家に内親王誕生

婚約のととのひし子が晴れやかに
梅林《ばいりん》にそふ坂登り来る

平成五年一月十九日の皇室会議で、
皇太子殿下と外交官小和田雅子さまの婚約が
内定しました。
——その婚約がととのった子が
晴れやかな表情と足取りで、
吹上御苑の梅林に沿う坂道（梅林坂）を
登って来ますよ——
母の喜びがあふれ、皇后としての
皇位継承への安堵もうかがえます。

平成五年―1993―梅　皇太子婚約内定　皇太后陛下御誕辰御兼題

たづさへて登りゆきませ山はいま
木木青葉してさやけくあらむ

平成五年六月九日に皇太子殿下と
小和田雅子さまの結婚の儀が執り行われ、
ご成婚パレードに十九万人が
沿道に出てお祝いしました。
「二人して手をたずさえて
人生の山を登ってくださいね」
と、御歌には二人の門出を祝福する
思いがあふれています。
雅子さまのお印《しるし》はハマナスです。

平成五年｜1993｜　皇太子の結婚を祝ふ　御兼題青葉の山

お妃教育

お妃《きさき》教育は納采《のうさい》の儀がすんでからご結婚までの間に行われ、皇族としての握手の仕方、歩き方、座り方、話し方などのマナーや、皇室の成り立ち、今日までの歴史、皇族の身分、役割などを学びます。

美智子さまは初の民間出身ということもあり、三ヵ月間にわたり、①書道、②和歌、③英語、④憲法、⑤フランス語、⑥礼儀作法、⑦宮内庁制度、⑧御心得、⑨宮中祭祀、⑩宮中慣習、⑪宮中儀礼などの講義を、それぞれ講師から一対一の形で学び、のべ九十七時間に及びました。小泉信三氏は「御心得」の担当講師で、「和歌」の講師が五島美代子さんでした。

紀子さまは、英語がすでに堪能のために省かれ、日本の歴史と和歌に重点を置き、計二十八時間のお妃教育でした。

雅子さまは、将来皇后になられるお立場から、美智子さまと同じ内容をコンパクトにし、英語とフランス語が堪能のために省かれ、計五十時間のお妃教育でした。

皇族の「お印」

雅子さまのお印《しるし》はハマナスに決まりました。お印は日本の皇族が身の回りの品などに用いる徽章・シンボルマークのことです。御印章ともいいます。

江戸時代後期の光格《こうかく》天皇の皇子が用いたのが起源とされていますが、詳しいことは分からないといわれています。

明治時代に入って宮廷内で広く用いられるようになりました。皇室典範などの法令上に明確な規定はなく、慣例として行われてきた制度です。
親王、内親王、王、女王の場合はご誕生後の命名の儀に定められ、内親王と女王をのぞく親王妃、王妃の場合は皇族男子との結婚時に定められます。

たとえば次の通りです。
昭和天皇――――若竹（文字）
今上天皇――――榮（文字）
皇后美智子さま――白樺
皇太子徳仁親王――梓
皇太子妃雅子さま――ハマナス
秋篠宮文仁親王――栂
秋篠宮妃紀子さま――檜扇菖蒲

いとしくも母となる身の籠《こも》れるを
初凩《はつこがらし》のゆふべは思ふ

ご結婚二ヵ月後の平成五年八月に
お二人は公務で滋賀県を訪れ、
皇太子さまは「我が妻と旅の宿より眺むれば
さざなみはたつ近江の湖《うみ》に」と、
雅子さまは「君と見る波しづかなる琵琶の湖《うみ》
さやけき月は水面《みなも》おし照る」
と仲むつまじく詠じられました。
そして八年後にご懐妊、皇后美智子さまは
母となる雅子さまを優しく見守っておられます。
雅子さまは「生《あ》れいでしみどり児のいのちかがやきて
君と迎ふる春すがすがし」（平成十四年歌会始）
と愛子内親王ご誕生の喜びを詠まれました。

平成十三年｜2001｜凧　皇太子妃の出産間近く

母吾《われ》を遠くに呼びて走り来《こ》し
汝《な》を抱《いだ》きたるかの日恋ひしき

紀宮清子《のりのみやさやこ》さまはご自身の最後の歌会始に
「新しき一日《ひとひ》をけふも重ねたまふ
たゆまずましし長き御歩《みあゆ》み」と、
国民を慈しまれ今日もまた
お務めを始められる両陛下のお姿を、
尊敬と感謝の念をもって詠われました。
陛下は秋を迎えて「嫁ぐ日のはや近づきし
吾子と共にもくせい香る朝の道行く」
とお詠みになられました。
幼き日の紀宮さまを懐かしむ
美智子さまの御歌《みうた》とともに、
こまやかな情愛が伝わってきます。

平成十七年｜2005｜紀宮

「皇族」

皇族とは、天皇の親族のうちで男系の血族とその配偶者をいいます。そして天皇と皇族は私たち一般の国民と一線を画しています。一般国民ではないために、健康保険や国民年金に加入しておられませんし、民法も皇室典範《こうしつてんぱん》などの規定で修正が加えられています。たとえば、民法では「二十歳をもって成年とする」（第四条）と定められています。しかし皇室典範では「天皇、皇太子及び皇太孫の成年は十八年とする」（第二十二条）と修正されています。それゆえに天皇、皇太子及び皇太孫は皇室典範に基づく十八歳で成人となりますが、それ以外の皇族は民法の規定通り二十歳で成人となります。

現代では一般に「姓」は家名《かめい》（苗字＝名字）をいいます。もともと姓は天皇が臣下《しんか》に与えるもので、天皇や皇族に姓はありません。紀宮清子さまも結婚して黒田の姓を得ます。一方で小和田雅子さまは結婚とともに姓を失い、正式呼称は「皇太子妃雅子殿下」です。

八　君が片へに

――陛下のおそばにあって――

平和ただに祈りきませり東京の
焦土《せうど》の中に立ちましましより

今上《きんじょう》天皇は昭和二十年十一月七日に
疎開先の奥日光から帰京されました。
十一歳の少年の眼底に、東京の焼け野原の
惨状を焼き付けてから五十年。
ひたすら平和と国民《くにたみ》の幸せを祈り続け、
平成五年十二月に還暦を迎えられました。
そのとき皇后美智子さまは同年十月から
失声症に苦しめられていました。
奉祝の御歌は病癒《やまいい》えた翌六年に詠まれたものです。

平成六年｜1994｜天皇陛下御還暦奉祝歌

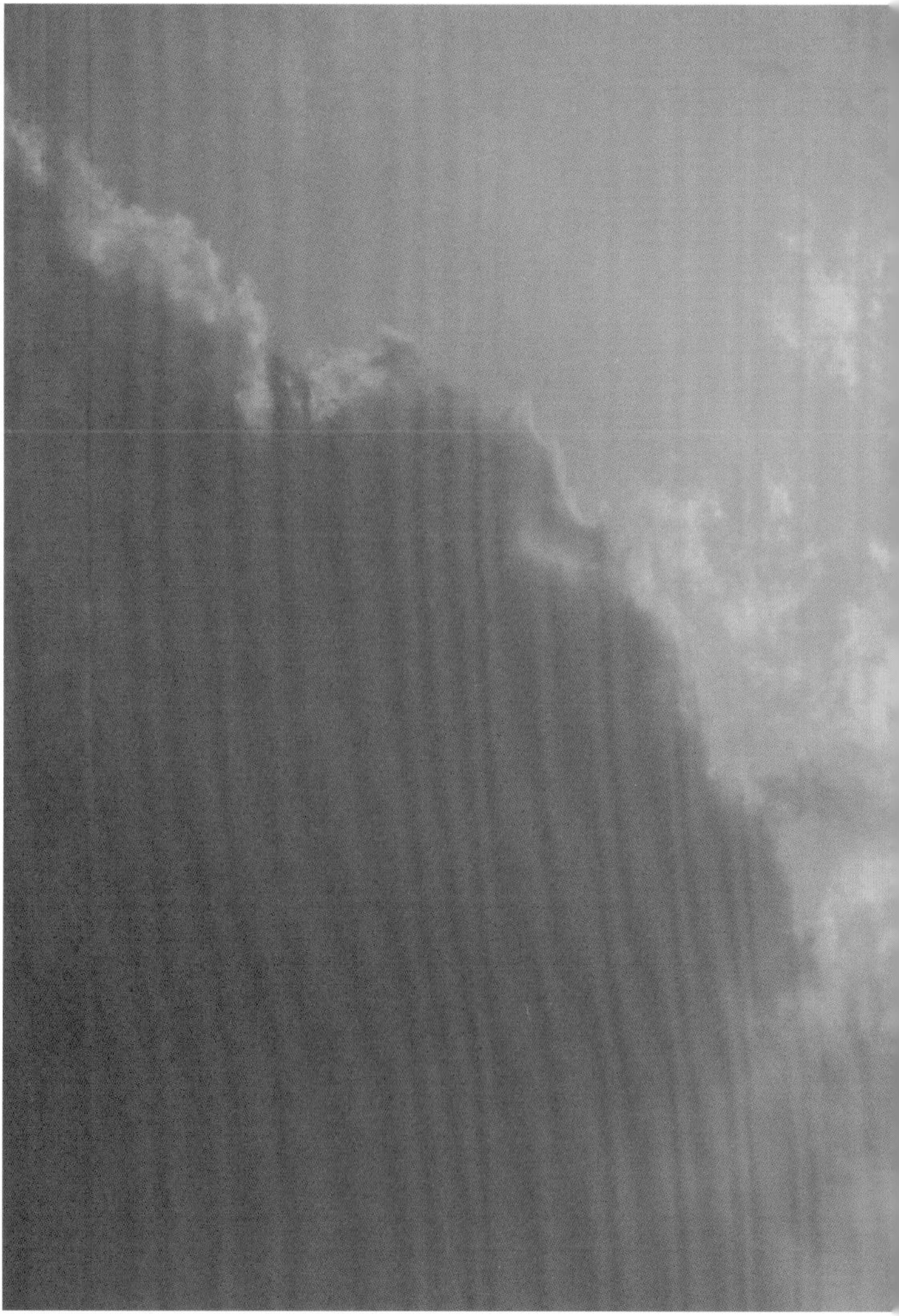

日本列島田ごとの早苗そよぐらむ
今日わが君も御田《みた》にいでます

平成六年十月の還暦の記者会見で、
皇后美智子さまは「陛下のおそばにあって、
すべてを善《よ》かれと祈り続ける者で
ありたいと願っています」と答えられました。
そのお言葉そのままに、

——日本中の田という田の早苗《さなえ》が薫風に
そよいでいることでしょうね。
今日、わが君も皇居内の御田《みた》に
お出ましになっておられますよ——

と陛下のお側にしっかり寄り添われています。

平成八年―1996―　歌会始御題　苗

ことなべて御身《おんみ》ひとつに負《お》ひ給ひ
うらら陽《び》のなか何思《なにおぼ》すらむ

天皇陛下は内閣総理大臣や最高裁長官の任命、
外国要人を迎えての接遇《せつぐう》などの「国事行為《こくじこうい》」と、
「宮中祭祀《きゅうちゅうさいし》」を行います。
「宮中祭祀」は年間に二十種以上もあり、
いずれも国家の安泰と国民の幸せを祈るものです。
歴代の天皇から天皇へと引き継がれてきました。
伝統と重責を一身に背負う陛下の
至高《しこう》の姿を鮮やかに描いています。

平成十年―1998―うららか

「宮中祭祀」と両陛下のご公務

宮中祭祀は、天皇陛下が天照大神《あまてらすおおみかみ》や八百万《やおよろず》の神々、歴代の皇霊《こうれい》に国家・国民の安泰と五穀豊穣を祈る祭儀です。大小あわせて二十種以上あり、元旦早朝の「四方拝《しほうはい》」や十一月二十三日の「新嘗祭《にいなめさい》」などが代表例です。神道の作法にのっとり宮中三殿（賢所《かしこどころ》、皇霊殿《こうれいでん》、神殿）や神嘉殿《しんかでん》で行われます。大和の橿原《かしはら》で神武《じんむ》天皇が即位されて以来、歴代天皇が受け継いできた伝統祭祀です。

天皇と皇后両陛下は古来の神事を欠かさず、ただひたすらに国家・国民の繁栄と幸福を祈ってきました。両陛下のご公務は、
①宮中祭祀
②国事行為
③全国戦没者追悼式や国民体育大会へのご臨席などの公的行為
④被災地へのお見舞い、海外への公式訪問
⑤任命書など、年間千六百通を越す書類への署名
⑥海外の元首などへの年間五百件を越す祝電、弔電
など多忙をきわめています。

遠白《とほしろ》き神代の時に入るごとく
伊勢参道を君とゆきし日

「伊勢参道を君とゆきし日」とは
平成二年十一月二十八日のことです。
両陛下は二頭立ての儀装馬車で
参道をゆっくり進み、
伊勢神宮の内宮をご親拝されて、
即位の礼と大嘗祭の無事終了を
神前に報告されました。
この国を包む悠久の時の流れを
「遠白《とおしろ》き神代の時」と
雄大にあらわしています。

平成十一年｜1999｜結婚四十年を迎へて

癒えましし君が片へに若菜つむ
幸おほけなく春を迎ふる

陛下は前立腺の治療のために、
平成十五年一月十六日から東大病院に入院され、
手術を受けられました。
皇后美智子さまは病院に三日間泊られて
看病されました。やがて病《やまい》も癒《い》えて春を迎え、
陛下のかたわらで若菜を摘《つ》む幸せを
感謝するお気持ちがあふれています。
陛下は「もどり来し宮居の庭は春めきて
我妹《わぎも》と出でてふきのたう摘む」
と詠われました。

平成十五年―2003―春

今上天皇の全国行幸

天皇陛下の地方へのお出かけを行幸《ぎょうこう》、目的地が複数の場合を巡幸、皇后や皇太子、皇太子妃のお出かけを行啓《ぎょうけい》といい、天皇・皇后両陛下のお出かけが「行幸啓《ぎょうこうけい》」です。

昭和天皇は終戦翌年の昭和二十一年に神奈川県から行幸を開始されて国民を励まし、昭和二十九年まで八年半続けました。国民が天皇陛下を身近な存在に感じるようになった画期的なものでした。

今上天皇は昭和天皇の遺志を継ぎ、即位のときに「四十七の都道府県をできるだけ早い機会に訪問しよう」との目標を立てられました。そして皇后美智子さまとともに国民の幸せを祈る行幸啓を精力的に続けられ、平成十五年に新潟県と鹿児島県を訪問して、遂に「全都道府県訪問」の目標を達成されました。実に四百一の市町村を訪問し、移動距離は約十二万キロ、地球三周に当たる長旅でした。

全国行幸は歴代天皇で初めての偉業です。

幸《さき》くませ真幸《まさき》くませと人びとの
声渡りゆく御幸《みゆき》の町に

陛下は入院・手術を体験された平成十五年も
退院後に行幸啓《ぎょうこうけい》を行い、
遂に全国行幸の悲願を達成されます。
そして翌年の歌会始に
「人々の幸願ひつつ国の内
めぐりきたりて十五年経つ」
と、万感の思いを詠われました。
皇后美智子さまも行幸啓を振り返り、
行く先々で陛下の健康と幸せを願う
人々の声が湧き上がり、波のように
渡っていきましたね、と人々の歓迎風景を
印象深く詠いあげました。

平成十六年―2004― 歌会始御題　幸

君とゆく道の果たての遠白《とほしろ》く
夕暮れてなほ光あるらし

両陛下は平成二十一年に
御成婚五十年(金婚式)を迎えられました。
その四月ごろに、
陛下と暮れなずむ皇居内を散策された折りの
印象を詠まれました。
陛下は同じ歌会始の「光」の御題で、
「木漏れ日の光を受けて落ち葉敷く
小道の真中《まなか》草青みたり」
と詠まれています。
半世紀を共にすごしてきた両陛下の
深い相聞の風韻《ふういん》が響いてきます。

平成二十二年|二〇一〇|歌会始御題　光

天地《あめつち》にきざし来たれるものありて
君が春野に立たす日近し

陛下が冠動脈バイパスの手術を受けられたのは
平成二十四年二月です。
医師天野篤順大教授の
「春になればよくおなりになります」
の言葉を支えに、皇后美智子さまは待ちました。

——気づくと空にも地にも、
かすかな変化の気配です。
陛下が元気に春の野に
お立ちになられる日も間近ですね——
訪れた季節の気配を喜び、
はずむ思いがあふれています。

平成二十五年—2013— 歌会始御題　立

九　生きてるといいねママ

――被災地への祈り――

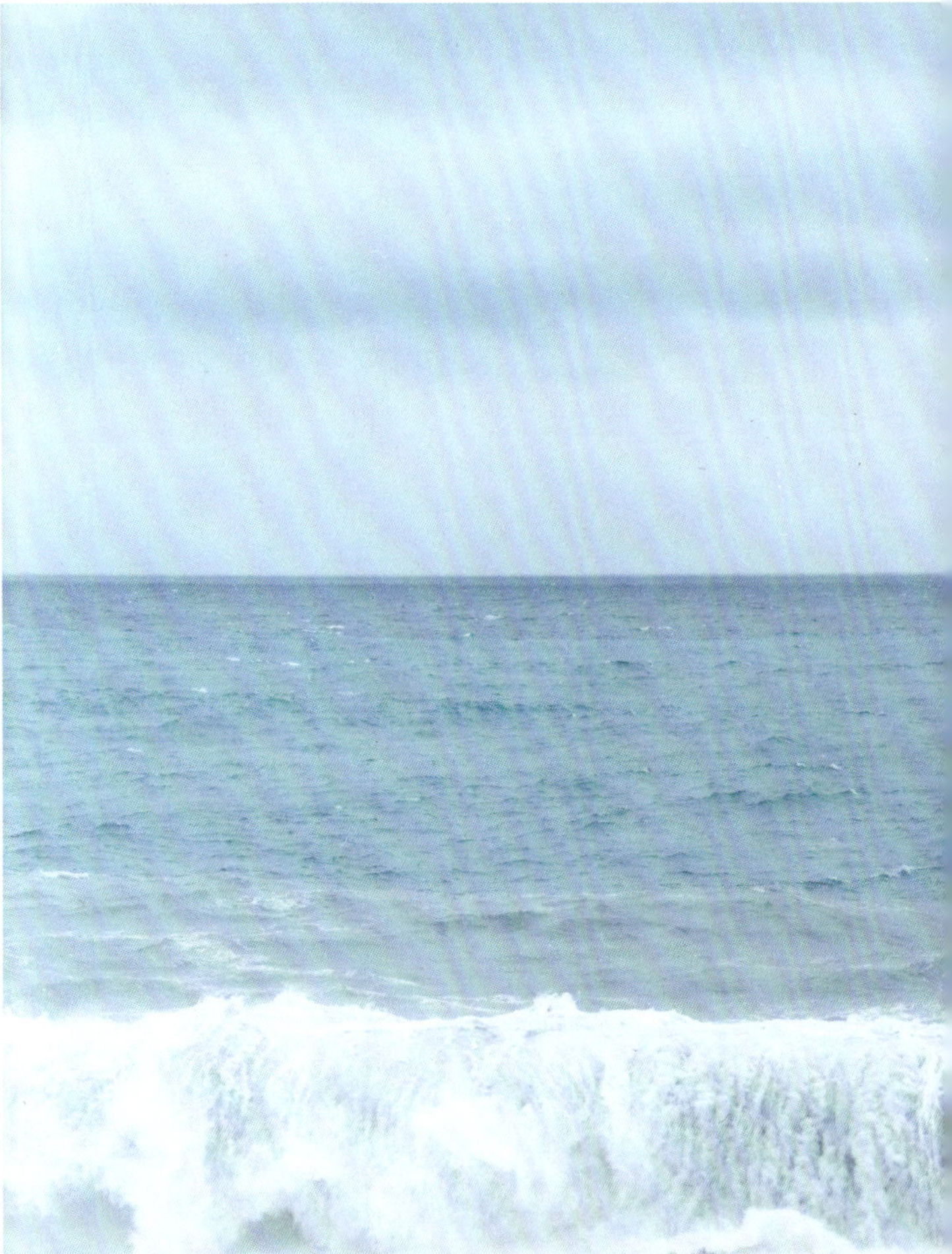

火を噴ける山近き人ら
鳥渡るこの秋の日日安《やす》からずゐむ

平成三年六月三日、
長崎県の雲仙《うんぜん》普賢岳で火砕流《かさいりゅう》が発生し、
死者・行方不明者四十三名の
大惨事となりました。
両陛下は七月十日に
被災地をお見舞いしました。
それから数ヵ月、渡り鳥の季節を迎えても
なお火を噴き続ける普賢岳。
御歌には山麓の被災者への
思いがあふれています。

平成三年―1991―雲仙の人びとを思ひて

被災地への「お見舞い訪問」

平成の御代《みよ》に入って三年目。両陛下は噴火と火砕流が断続的に続く被災地を見舞われました。

島原の夏は暑く、陛下は上着を脱ぎワイシャツの袖をまくり、体育館で皇后美智子さまとともに床に膝をついて、被災者の話を聞き、手を握り励まされました。このテレビ映像が放映されると、国中に大きな感動の輪が広がりました。

両陛下が大規模災害の発生直後に被災地へ「お見舞い訪問」をされたのは雲仙が最初です。二年後の平成五年七月には北海道南西沖地震で津波の被害を受けた奥尻島へ、罹災二週間後の七月二十七日に訪問されました。皇后美智子さまは翌六年に、

　被災せる奥尻島《おくしりとう》の子供らの　卒業の春いかにあるらむ

と詠まれました。

昭和天皇は戦後すぐに全国を巡幸し、過去に地震や水害のあった地域に立ち寄り住民を励まされました。今上天皇と皇后美智子さまは昭和天皇の思いを一歩進め、被災直後の被災地へ「お見舞い訪問」を続けておられます。

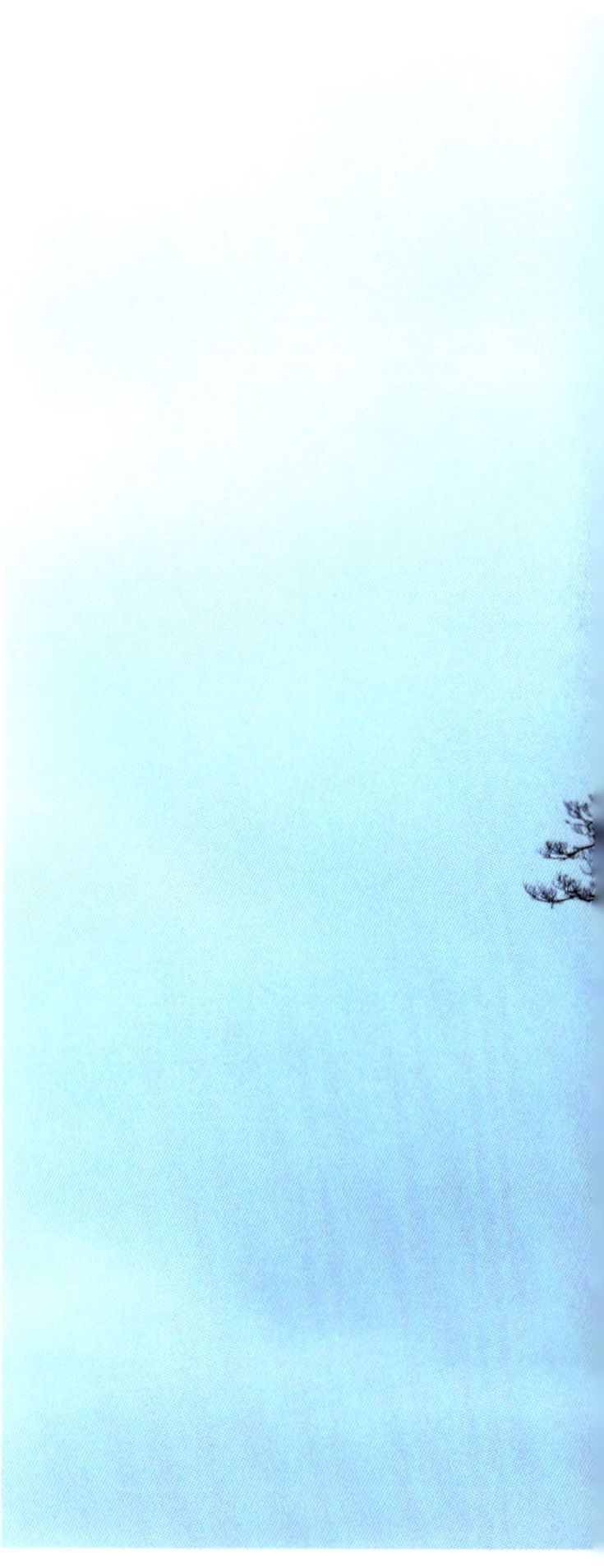

天狼《てんらう》の眼も守りしか土《つち》なかに
生きゆくりなく幼児《をさなご》還《かへ》る

――天狼星（おおいぬ座の首星シリウス）が
きっと護ってくれたのでしょう。
地震の土砂崩れのため、四日間も
土の中に埋もれていた幼児が救出されたのは――
平成十六年十月二十七日午後、
東京消防庁のハイパーレスキュー隊などの手で
幼児が奇跡的に救出されました。
両陛下は十一月六日に被災地に入られました。

平成十六年〈2004〉幼児生還

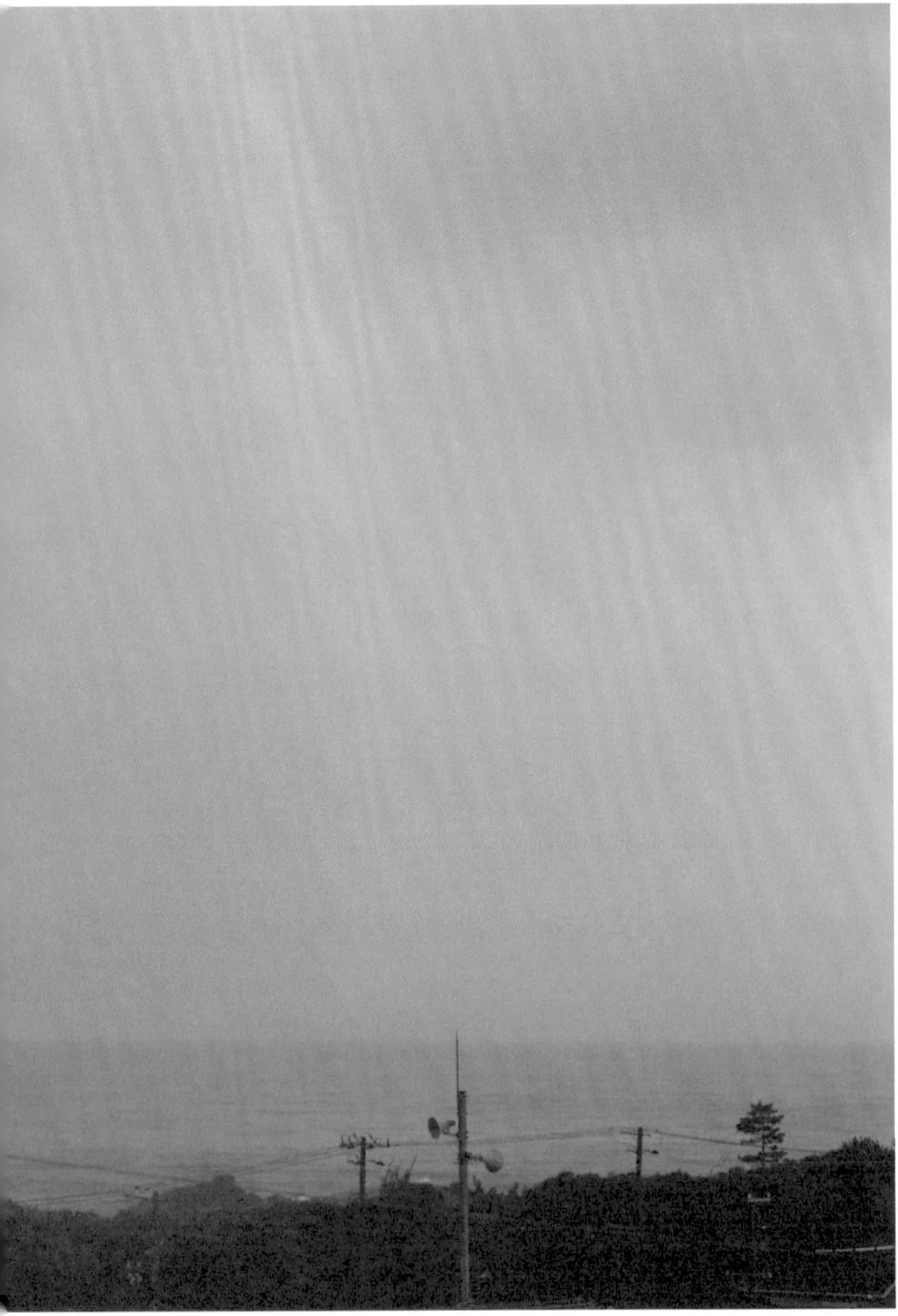

「生きてるといいねママお元気ですか」
文《ふみ》に項傾《うなかぶ》し幼な児眠る

平成二十三年三月十一日の
東日本大震災によって、
両親と妹を亡くした四歳の幼な児が、
「ままへ。いきてるといいね。おげんきですか」
と手紙を書きながら、
疲れて寝入ってしまいました。
新聞でその写真をご覧になり、
心打たれて詠まれた御歌です。
「項傾《うなかぶ》し」は
「首をたれて、うなだれて」を
あらわすことばです。

平成二十三年｜2011｜手紙

今ひとたび立ちあがりゆく村むらよ
失《う》せたるものの面影の上《へ》に

――父母兄弟や幼子《おさなご》の命、住む家、
故郷を失った被災者が
今一度在《あ》りし日の面影を抱き、
復興に立ち上がろうとしています――

被災者の幸せを願う熱い思いと
励ましが伝わってきます。
この年の今上《きんじょう》天皇の御製《ぎょせい》は
「禍《まが》受けて仮設住居に住む人の
冬の厳しさいかにとぞ思ふ」でした。

平成二十四年｜2012｜復興

笑み交《か》はしやがて涙のわきいづる
復興なりし街を行きつつ

両陛下は平成十七年一月に阪神淡路大震災
十周年を迎えた神戸市を訪問されました。
皇后美智子さまは町で出会う人々と笑みを交わし、
それぞれの人が越えてきたであろう苦難を
「やがて涙のわきいづる」と詠われました。
陛下は翌十八年に
「大いなる地震《なゐ》ゆりしより十年《ととせ》余り
立ち直りし町に国体開く」
と復興の道のりを喜ばれました。
そこには被災のあと地道に努力している人々への、
慈愛の眼差しが深く込められています。

平成十八年―2006―歌会始御題　笑み

十　生命《いのち》あるものの

――四季の自然を詠じて――

ふと覚《さ》めて土の香《か》恋ふる春近き
一夜《ひとよ》霜葉《しもば》の散るを聞きつつ

――（雪の下の）土の香が恋しく思える春近き夜、
ふと目覚めて耳を澄ますと、
霜葉《しもば》（霜で紅や黄に変色した葉）が散る
かすかな音が聞こえてきます――

同じ歌会始の「土」の御題で皇太子さま（今上天皇）は
「日日温み日日とけゆきて
雪の下にぬるる新土今日現はれつ」
と詠われました。
春の到来で雪が溶け、
土が現れる様子を慈《いつく》しむお心を
お二人で共有しておられるようです。

昭和三十七年―1962―歌会始御題　土

たんぽぽの綿毛《わたげ》を追ひて遊びたる
遥《はる》かなる日の野辺なつかしき

たんぽぽの綿毛を吹くと
驚くほどよく飛びます。
また少しの風にも舞い飛ぶので、
春の野原でたんぽぽの綿毛を
追いかけた記憶は誰にもあると思います。
目を閉じると、
たんぽぽにまつわるさまざまな思い出が
懐かしく蘇ってきます。

昭和六十二年｜1987｜たんぽぽ

朝の日に淡き影おく石の上
遅き桜のゆるやかに散る

平成の御代《みよ》となって
二年目の御歌です。
桜吹雪の一陣が舞い散ったあとの
遅い桜が、
朝日のなかで石の上に、
ひらひらと
緩やかに散る様子が鮮やかです。

平成二年｜1990｜石

暑き日なか身ほどの餌《えさ》を運びきて
蟻の入《い》りゆく白きくさむら

――炎天下に自分の身体ほどの
大きな餌を運んできた蟻が、
目の前の白い草むらに入っていきます――
まるでファーブルの昆虫観察のようです。
働き蟻に喩《たと》えられる日本人の勤勉さと
不屈の努力が実を結び、
この年、わが国の国民総生産(GNP)が
西ドイツを抜いて世界第二位を達成し、
東名高速道路が全面開通しました。

昭和四十四年|1969|蟻

夏の日の静けさに会ふかかる刻《とき》を
群《む》れて海渡る蝶もありなむ

――夏の日にふと出会う静けさ、
この同じ瞬間に、
群れて海を渡る蝶もあるのでしょうね――

大型蝶「アサギマダラ」は
本土から南西諸島・台湾まで
長距離の移動で知られています。
夏の日の静けさと海を渡る蝶の取り合わせ、
万葉の世界を思わせる実に雄大な構図です。

昭和五十一年｜1976｜蝶

わが君のみ車にそふ秋川の
瀬音《せおと》を清《きよ》みともなはれゆく

——お召し車に（皇太子さまと同乗しておりますと）、
秋川渓谷の清らかな瀬音が
どこまでも寄り添い聞こえました——

皇后美智子さまは皇太子妃時代の
昭和五十五年十月十五日に、
皇太子さま（今上天皇）と奥多摩湖畔の
記念式典にご臨席になり、
周辺の施設や玉堂美術館、
水産試験場などを視察されました。
皇后美智子さまの歌集『瀬音』の題名は
この御歌が典拠です。

昭和五十六年—1981—歌会始御題　音

早朝に君が滑りしスキーの跡《あと》
茜《あかね》に染めて日は昇り来ぬ

お二人は三年前（昭和五十九年）に
銀婚式を祝われました。
前年（昭和六十一年）三月に
美智子さまは体調を崩して手術され、
予定の訪米を延期され訪韓を中止されます。
そしてこの年は八十六歳を迎えられた昭和天皇が
沖縄海邦国体を前に病臥されたため、
名代の皇太子さま（今上天皇）と
沖縄を訪問されました。
激務の合間の銀世界の清々《すがすが》しい光景です。

昭和六十二年―1987―スキー

生命《いのち》あるもののかなしさ
早春の光のなかに揺り蚊《ユスリカ》の舞ふ

――生命あるものの美しさ、はかなさ、
かなしさを感じます。早春の光のなかに舞う
ユスリカの群れを眺めていますと――
ユスリカは口器がなく消化器も退化し、
餌を摂《と》らず、交尾のため蚊柱《かばしら》を作り、
産卵を終えると死にます。
長くても一～数日の寿命です。
御歌には生きとし生けるものへの
無限の慈しみがあふれています。

平成二十一年（2009）歌会始御題　生

慰霊地は今　沖縄豆記者と皇室との交流

昭和天皇は終戦の翌年から全国を巡幸されましたが、当時米軍施政下の沖縄のみ訪問できませんでした。一方、沖縄の子どもたちは祖国日本を知らずに育っていました。沖縄教職員会は祖国に復帰する日のため、子どもたちに日本人としての自覚と誇りを育てようと、昭和三十五年に「日の丸を掲げよう運動」を始め、昭和三十八年に「第一次沖縄豆記者本土訪問団」を派遣し、皇太子さま（今上天皇）との対面が実現しました。このとき皇太子妃美智子さまは体調を崩して入院中で、翌年の軽井沢千ヶ滝プリンスホテルでの豆記者と皇太子ご一家との交流から参加されました。以来、ご一家をあげての交流は続きます。黒田清子さまが豆記者の面倒を長く見られ、本年（平成二十六年）で第五十三次を数えています。

昭和四十七年に本土復帰が実現した折りに、美智子さまは

　雨激しくそそぐ摩文仁《まぶに》の岡の辺に　傷つきしものあまりに多く

と詠われました。

慰霊地は今　失声症を乗り越えて

天皇陛下と陛下に寄り添う皇后美智子さまの新たな「慰霊と平和への祈りの旅」は平成五年四月、摩文仁の岡から始まりました。美智子さまは同年十月に言葉を失う苦しみのなかで、

波なぎしこの平《たひ》らぎの礎《いしずゑ》と　君らしづもる若夏《うりずん》の島（平成六年歌会始）

と鎮魂の御歌を詠われ、平成六年二月十二日の硫黄島では、

慰霊地は今安らかに水をたたふ　如何《いか》ばかり君ら水を欲《ほ》りけむ

と、島に眠る将兵や島民などの御霊《みたま》に祈りを捧げられ、硫黄島から小笠原に移動。十三日に小港海岸で亀の子を放流する子どもに話しかけられて、お声を取り戻されました。両陛下はさらに、戦後五十年の節目の平成七年に「広島、長崎、東京大空襲、終戦」を慰霊し、

海陸《うみくが》のいづへを知らず姿なき　あまたの御靈《みたま》国護《まも》るらむ

と御歌を詠われ、戦後六十年の平成十七年には玉砕の島サイパンに慰霊の旅を続けられました。

年表――皇后美智子さまを中心に――

昭和 九	1934	〇歳	一〇月二〇日、正田英三郎・富美子夫妻の長女として誕生
一九	1944	九歳	六月、神奈川県藤沢に疎開。その後群馬県館林や長野県軽井沢へ疎開
二八	1953	一八歳	四月、聖心女子大学文学部外国語外国文学科に入学
三二	1957	二二歳	三月、聖心女子大学卒業
			八月一九日、軽井沢のテニスコートで皇太子殿下と初対戦
三四	1959	二四歳	四月一〇日、結婚の儀、皇太子妃に
三五	1960	二五歳	二月二三日、浩宮親王殿下（皇太子）誕生
			九月二二日、日米修好百年のため米国へ。お二人で初の海外訪問
四〇	1965	三一歳	一一月三〇日、礼宮親王殿下（秋篠宮）誕生
四四	1969	三四歳	四月一八日、紀宮内親王（黒田清子）誕生
五〇	1975	四〇歳	七月一七日、沖縄国際海洋博覧会出席のため沖縄県へ
六四	1989	五四歳	一月七日、昭和天皇崩御。陛下第一二五代天皇に即位、皇后さまに
平成 二	1990	五六歳	一一月一二日、即位礼正殿の儀が行われる
三	1991	五六歳	七月一〇日、陛下と雲仙・普賢岳噴火の被災地をお見舞い
		五七歳	一〇月二三日、秋篠宮家に長女眞子内親王（初孫）誕生
五	1993	五八歳	六月九日、皇太子殿下、小和田雅子様と結婚

			七月二七日、北海道南西沖地震で陛下と奥尻島をお見舞い
		五九歳	一〇月二〇日、誕生日に倒れ、一時言葉を失う状態に
六	1994	五九歳	二月一二日、陛下と硫黄島、小笠原父島、母島を訪問（〜一四日）
七	1995	六〇歳	一月三一日、陛下と阪神淡路大地震の被災地をお見舞い
			七〜八月、陛下と戦後五〇年の「慰霊の旅」として、
			長崎、広島、沖縄、東京都慰霊堂へ
一三	2001	六七歳	一二月一日、皇太子・皇太子妃両殿下に愛子内親王誕生
一五	2003	六八歳	一月一八日、陛下が前立腺ガン手術
一七	2005	七〇歳	六月二七日、陛下とサイパン島を慰霊訪問（〜二八日）
一九	2007	七二歳	八月八日、陛下と新潟県中越沖地震の被災地をお見舞い
二一	2009	七四歳	四月一〇日、結婚五〇年
二三	2011	七六歳	三〜五月、陛下と東日本大地震の避難所や被災地をお見舞い
二四	2012	七七歳	二月一八日、陛下が心臓バイパス手術。入院中、付き添われる
二六	2014	八〇歳	一〇月二〇日、傘寿を迎えられる

あとがきに代えて ——皇后美智子さまの御歌に寄せて——

和歌は日本最古の伝承文化でその起源は神話の時代にまで遡り、日本文化の淵源となった言葉文化です。皇后様のお作りになられた和歌を御歌《みうた》と申します。私は百人一首や和歌、特に歴代天皇の御製《ぎょせい》の研究と普及に三十年以上にわたり携って参りました。そして、皇后様の御歌の研究に没頭させて頂く端緒は平成二十三年六月の皇居御奉仕でした。

主宰していた古事記講座の参加者中尾さんから御奉仕にお誘い頂き団長の大役を仰せつかったことから、御奉仕三日目の御会釈で両陛下より御言葉を賜わりました。緊張する私の目の前に両陛下がお立ちになり、御下問を頂きました。私が「日本の言葉文化である百人一首や和歌を次世代の子どもたちにお伝えさせて頂いています」とお答えしますと、突然皇后様が「ご自身でも和歌をお作りになられるのですか」とお声を掛けて下さいました。私は舞い上がり、「拙い歌ですが作らせて頂いています」とお答えし、最後に天皇陛下より「それらの活動に力を尽くされて下さい」という御言葉を賜わり、その感激によって本格的な研究が始まりました。

私は研究させて頂き、御歌が竹本忠雄先生が名付けられたように「祈りの御歌」

であるとの実感を深め、一人でも多くの方に知って頂きたいという思いが大きくなったときに出版のお話を頂き、共同執筆の割田さんの協力や多くの方々の助言やご指導によって出版が進捗しました。また内野経一郎先生には多くの気附きを頂くと同時にその助言によって形になった気がします。その他、多くの方々の励ましに深い感謝を捧げます。

そして、出版間近の十一月十八日から再び皇居の御奉仕に参内する機会を頂けました。今回も団長として御奉仕二日目に御会釈を頂き、陛下より「具体的には何をされているのですか」との御下問に、感極まって「畏れ多いことながら陛下の御製、御歴代天皇様の御製、皇后陛下の御歌の研究をさせて頂いております。そして、この度、皇后様の御歌の御本が出版される運びとなりました」とお伝えさせて頂きました。すると天皇陛下は嬉しそうな御顔をされて皇后様の方を振り向かれ、皇后様もまた嬉しそうに陛下と私の方に微笑んで下さいました。両陛下の御顔を拝しただけで私は今回の出版のご褒美が頂けたと感じました。

今回の皇后美智子さまの御歌が、読者の皆様にとって心の安らぎになって頂けたらと願っています。

小林　隆

平成二十六年十一月

参考資料

『瀬音』皇后陛下御歌集　平成九年　大東出版社
『橋をかける』美智子　平成二一年　文藝春秋
『道』天皇陛下御即位十年記念記録集　宮内庁編　平成二一年　日本放送出版協会
『道』天皇陛下御即位二十年記念記録集　宮内庁編　平成二一年　日本放送出版協会
『皇后陛下お言葉集　歩み（改訂新版）』宮内庁侍従職監修　平成二二年　海竜社
『皇后宮美智子さま　祈りの御歌（新装版）』竹本忠雄　平成二三年　海竜社
『天皇皇后両陛下　祈りの二重唱』竹本忠雄　平成二四年　海竜社
『皇后美智子さま　愛と喜びの御歌』渡辺みどり　平成一九年　講談社
『皇后美智子さまのうた』安野光雅　平成二六年　朝日新聞出版
『皇后美智子さま　全御歌』釈・秦澄美枝　平成二六年　新潮社
『ひと日を重ねて　紀宮さま御歌とお言葉集』平成一七年　大東出版社編

『宮中歳時記』入江相政編　平成一四年　小学館
『宮中賢所物語』高谷朝子著　平成一八年　ビジネス社
『祈り　美智子皇后』宮原安春　平成一三年　文藝春秋
『美智子妃誕生と昭和の記憶』清宮由美子　平成二〇年　講談社

『知っておきたい日本の皇室』皇室事典編集委員会監修　平成二一年　角川学芸出版
『天皇陛下の全仕事』山本雅人　平成二一年　講談社
『天皇家の執事　侍従長の十年半』渡　允　平成二三年　文藝春秋

『明治天皇御集謹解』佐佐木信綱謹註　大正一二年　朝日新聞社
『萬葉集古義』鹿持雅澄著　昭和七年　精文館
『人麿の世界』森本治吉著　昭和一八年　昭森社
日本古典文學大系『萬葉集一～四』昭和三二～三七年　岩波書店
日本古典文學大系『日本書紀（上・下）』昭和四〇～四二年　岩波書店　他

割田剛雄　わりた・たけお

一九四四年栃木県生まれ。一九七二年東洋大学大学院仏教学専攻博士課程修了後、国書刊行会に入社。編集長。一九九二年国書サービスを設立し、書籍の編集に携わる。東京ライフデザインアカデミー主任講師。著書に『やさしい教え法華経』『仏道のことば』『仏教ことわざ辞典』『般若心経』（弊社刊）など。

小林　隆　こばやし・たかし

一九四九年新潟県生まれ。傳承文化研究所主宰・隗士塾塾長。(財)日本教育再生機構代表委員。カルピス(株)ひな祭川柳特別選定委員、JCOM川柳コンテスト審査員を歴任。百人一首や和歌を通じて日本語と伝統文化を広げる活動や、歴代天皇御製の研究に携わる。

鈴木理策　すずき・りさく

一九六三年和歌山県生まれ。東京綜合写真専門学校研究科修了。熊野を題材にした作品を発表し、国際的に注目を集める。二〇〇〇年木村伊兵衛写真賞受賞。東京藝術大学美術学部先端藝術表現科准教授。著書に『熊野、雪、桜』（淡交社）など。二〇一五年二月より丸亀市猪熊弦一郎現代美術館で個展「鈴木理策写真展　意識の流れ」を開催。（同年七月に東京オペラシティアートギャラリーに巡回）

皇后美智子さまの御歌《みうた》

二〇一五年一月一五日　初版第一刷発行
二〇一五年六月六日　第三刷発行

編著　割田剛雄
　　　小林　隆
写真　鈴木理策
装丁・本文デザイン　大黒大悟＋佐野真弓（日本デザインセンター）
編集　中川ちひろ
協力　内野経一郎　宮下恵美子
　　　毬矢まりえ　森山　恵　割田薫子
　　　群馬県立日本絹の里（八六—一〇七頁図版）

発行人　三芳寛要
発行元　株式会社パイインターナショナル
　　　　一〇七—〇〇〇五　東京都豊島区南大塚二—三二—四
　　　　電話　〇三—三九四四—三九八一
　　　　ファックス　〇三—五三九五—四八三〇
　　　　sales@pie.co.jp

編集・制作　PIE BOOKS
印刷・製本　株式会社アイワード

ISBN978-4-7562-4581-6 C0092　Printed in Japan